VOLTAR A QUANDO

MARÍA ELENA MORÁN

VOLTAR A QUANDO

BIBLIOTECA AZUL

Publicado originalmente por Ediciones Siruela, Espanha.
Edição brasileira publicada em acordo com Casanovas & Lynch Literary Agency.

Título original: *Volvér a cuándo*

Texto fixado conforme as regras do novo Acordo Ortográfico da Língua Portuguesa (Decreto Legislativo nº 54, de 1995).

Editora responsável: Amanda Orlando
Editora de produção: Viviane Rodrigues
Editores-assistentes: Renan Castro e Rodrigo Ramos
Assistente editorial: Camila Novaes
Preparação: Marcela Isensee
Revisão: Fernanda Marão
Diagramação: Natalia Aranda
Capa: Renata Zucchini
Imagem de capa: Arquivo pessoal da autora

1ª edição, 2025.

CIP-BRASIL. CATALOGAÇÃO NA PUBLICAÇÃO
SINDICATO NACIONAL DOS EDITORES DE LIVROS, RJ

M829v

Morán, María Elena
Voltar a quando / María Elena Morán ; [tradução María Elena Morán]. - 1. ed. - Rio de Janeiro : Biblioteca Azul, 2025.
232 p.

Tradução de: Volver a cuándo
ISBN 978-65-5830-237-7

1. Romance venezuelano. 2. Ficção venezuelana. I. Título.

25-99580.0 CDD: V863
CDU: 82-31(87)

Carla Rosa Martins Gonçalves - Bibliotecária - CRB-7/4782

Direitos exclusivos de edição em língua portuguesa para o Brasil adquirido por
Editora Globo S. A.
Rua Marquês de Pombal, 25 – 20230-240
Rio de Janeiro – RJ
www.globolivros.com.br

Para meu pai, Rodolfo,
e a nossa pátria portátil.

Hoy es más grande tu hambre,
uno menos la comparte.
— Alí Primera

Um homem livre, quando fracassa,
não culpa ninguém.
— Joseph Brodsky

SUMÁRIO

PARTE I

Acontece que a sua filha não quer falar contigo, é isso, Nina, lhe disse por último Graciela, já sem vontade, sem anestesia e sem vergonha, sendo que apenas minutos antes a desculpa tinha sido que a menina não viria porque estava jogando no computador, e era mentira, porque antes já tinha falado que tinha faltado luz, e antes dessa mentira já tinha dito outra, e era que a menina estava tomando banho, porque, adivinha, tinha chegado a água, o que era uma improbabilidade gigantesca porque era segunda-feira e segunda-feira não era dia de água, na verdade, já fazia meses que nenhum dia era dia de água e fazia seis meses que o chuveiro não sabia o que era uma gota d'água e, esgotadas as desculpas, Graciela se debulhou em sinceridades, é que a Elisa está rebelde e se ela não quiser falar contigo eu é que não vou obrigar, e ela insistiu que a menina tinha que pegar o telefone, eu sou a mãe dela e ela precisa me obedecer, e Graciela rebateu com uma apatia cortante, depois você se ajeita com ela, eu não sei mais o que dizer, porque ela diz que as mães não deviam abandonar os filhos, e o que você quer que eu faça se isso é verdade, e estavam nessa ladainha quando, do lado de cá do telefone, esse cantinho do Brasil chamado Pacaraima começou a ficar com cheiro de queimado, e Nina ouviu gritos, *coño, nos están quemando, nos están quemando!*, e viu de longe as pessoas espantando o fogo da barraquinha Coleman que, durante os últimos dias, tinha sido seu quarto, sua casa, seu hotel, e agora parecia um fogareiro, eu já te ligo, mãe, e correu, abrindo espaço entre o desespero de gente que juntava as poucas tralhas crepitantes a que se resumiam suas bagagens e suas existências dos próximos dias ou meses ou anos.

Mana, eu vou embora daqui, eu não gosto de ficar onde não sou bem-vinda, lhe disse uma moça de Valencia, vizinha de barraquinha, enquanto se unia à debandada que atravessava a fronteira de volta à Venezuela, onde o inferno era inferno, mas era próprio, constitucionalmente adjudicado, e se tinha o direito à queixa, ainda que estivesse escasso ultimamente, entre tantos poréns com bafo militar que botavam no coitado. Nina quis convencê-la de que o incêndio era apenas um tropeço e de que a centena de pessoas que haviam ajudado contavam muito mais do que os cinco desgraçados porra podre filhos de ninguém que tinham queimado um acampamento inteiro cheio de crianças e adolescentes à espera de refúgio. Nina quis, mas não quis tanto, porque também não queria carregar o peso de a convencer de uma aventura que já começava em tragédia. Ela tinha visto o ódio naqueles olhos, isso aqui não é Venezuela, porra!, ela tinha escutado e entendido, porque o ódio, taca fogo, taca fogo em tudo!, não precisa de tradução, vão embora, seus filhos da puta!, o ódio desses que diziam defender a cidade de uma horda de criminosos, depois que um ou dois filhos da puta, como sempre, um ou dois só, dos mil que estavam ali, fizessem alguma merda que ninguém, nem sequer uma boa parte dos agressores ou daqueles que os apoiavam, sabia ao certo que merda tinha sido; ela havia visto seus olhos, eram tão, tão poucos, se comparados com os outros que levavam água e lanchinhos e cobertas para eles, mas suas vozes estavam tão cheias de raiva e de medo transformado em raiva, pareciam tão orgulhosos gravando com seus celulares aquele momento histórico, gritavam tão alto em seu ouvido, que ela só lhe disse, *pues que le vaya bien, mamita*, e ficou ali, com seus tesouros resgatados do fogo pelo preço de derreter a sola do tênis de tanto pisar, pisar, pisar as chamas até que sua mochila parasse de queimar.

Conferiu sua babagem-casa e viu que, diferente das bolsas plásticas e dos três rolinhos esmagados de papel higiênico, focos das chamas, o resto de suas coisas parecia ter sobrevivido. Seus chinelos continuavam feios, mas estavam intactos. Os três jeans, a única calça de moletom, as cinco camisetas, os cinco pares de meias, os três sutiãs e o único vestido, o favorito dela, um que a tinha visto dançar salsa numa quantidade grosseira de noites, estavam cheirando à maldade do querosene; apenas se salvaram suas quinze calcinhas, que eram nesse número multitudinário porque se tinha uma coisa que ela não aceitava era andar de calcinha suja, e por essa obsessão tinha botado as peças num saquinho Ziploc, então não tinham ficado com cheiro algum. A pasta plástica na qual mantinha os itens mais trabalhosos, caros e pessoais, como o certificado de antecedentes criminais e a certidão de nascimento, estava com as bordas um pouco derretidas, e tirar os documentos de dentro dela ia ser um parto com fórceps. Seu estojo de escoteira, com lanterna, navalha, isqueiro, fósforos, carregador e seu conjunto de prato, copo e talheres minúsculos, para comer pouco, mas comer com dignidade, estavam tão perfeitos quanto a nécessaire, no fundo da mochila, onde sabonetes e barras glicerinadas, xampu, absorventes, giletes, alguma coisinha de maquiagem e até preservativos, vai que, tinham se salvado ilesos. Verificou os bolsos laterais e viu que ali continuavam, ainda sólidos mas perto de virar uma massa fundida de materiais, os óculos de sol que Elisa tinha lhe dado de presente há alguns aniversários, depois de muito economizar; o kit de apoio psicológico indispensável para todo roedor de unhas, com alicate e lixa; uma caneta retrátil e sua devida caderneta com anotações importantes, como endereços e números de telefone, embora ela memorizasse tudo como se ainda estivesse nos anos noventa; as chaves de uma casa que, mais por sentimentalismo do que por lógica, Nina insistia em guardar entre esses objetos de teimosa necessidade: miudezas sem as quais podia viver, mas que a faziam se sentir ela, e não apenas uma linha a mais numa planilha do ACNUR.

Via a fumaça, os focos ainda acesos, tão bonito e todo-poderoso e ressentido que era sempre o fogo, pensava, nunca tão órfã como naquele momento, agarrada à letra de seu pai, à palavra "filha" pendurada em seu peito, eternizada num amuleto de resina, mas pensou melhor, observou mais um pouco a paisagem humana devastada e se permitiu sentir o tremor vivo que vinha de sua mão ou de seu pingente, e a orfandade deu lugar à suspeita de ainda contar com um abraço protetor, um gume feito de morte e de vida que havia sido capaz de cortar o fogo antes que ele a tocasse, esse fogo que não apenas destruía, mas que fazia com que tudo virasse um mesmo resto banal, desfigurado; todas as coisas, amadas ou não, importantes ou não, patriotas ou não, acabavam transformadas num pedaço de carvão e fuligem, e pensava como era possível que o desprezo tivesse o mesmo fedor que os terrenos queimados em Maracaibo, terrenos vazios rodeados de uma cerca de tijolos sempre falhada, porque sempre tinha quem roubasse tijolos para construir uma casinha para que os seus afetos não precisassem encarar o cheiro de tanto lixo, ensopado ou queimado, que no fim tinha o mesmo cheiro, fosse lixo de pobre ou de rico ou do restaurante chinês ou da sede do PSUV* ou do banheiro da Faculdade de Humanidades, lixo era lixo, pensava Nina que, assim como aqueles terrenos, Roraima estava em chamas, mas Roraima não era lixo e eles não eram lixo, eles não eram lixo, eles não eram lixo, e ainda pensando isso, ainda assim, durante alguns segundos se deixou tomar pela odiosa ideia de que o ar carbonizado e malcheiroso que ela estava respirando não era mais do que o rastro que eles mesmos traziam consigo, como se houvesse uma fedentina intrínseca em todo corpo suado, esfomeado, assustado que chegava sem ser convidado, como se tacando fogo no acampamento improvisado nas bocas da fronteira, aqueles que os queriam fora dali estivessem queimando alguma podridão que o formigueiro inverossímil do qual ela fazia parte, aquele bando doente de sol que chorava em espanhol por comida e amparo e ONU e Operação Acolhida, havia trazido junto.

* Partido Socialista Unido da Venezuela. (N.E.)

Raúl viu o seu tempo se apagar, como a boa ruína que é. Se os dias ainda existem, ele não mais os vê passar. Persegue as noites, à procura de uma escuridão que nunca é completa. História à margem da história, vive um presente elástico, uma ditadura do gerúndio. Não fosse pelas notícias trazidas por Vicente, seu companheiro de quarto ou de cela, como diriam alguns, já teria perdido a cabeça, mas ele não sabe se isso ainda é possível — enlouquecer é privilégio dos que têm tempo.

Ele sabe que continua se chamando Raúl, embora na nova prosódia esse nome lhe soe tão alheio como as palavras ontem, amanhã, depois ou antes, agora que tudo é um ainda, durante, por enquanto. Apesar de tudo, não pode dizer que despreza este novo lugar. Tem a paciência de quem sabe que precisa fazer o esforço de se acostumar às novas leis, às vezes tão diferentes; a códigos morais nebulosos; à condescendência com que é tratado enquanto o lembram de suas escassas possibilidades. Sente-se perdido desde o segundo que fincou o pé nesta terra estrangeira que é a morte, mas sabe que todas as viagens intempestivas e sem passagem de volta são assim.

E tem Vicente também, que dá uma cara familiar a seu novo mundo. O menino chegou numa madrugada, encharcado de suor, tristeza e cachaça, com uma sacola plástica encardida como bagagem. Não perguntou, não pediu, não se explicou. Forçou a porta do túmulo e se ajeitou num cantinho com tanta naturalidade que Raúl pensou que talvez aquele rapazinho chamado Vicente Namías, como descobriria depois, ao espiar a sacola e ver uns vinte e seis anos sorridentes no *carné de la patria*,* era o dono real daquele quadrado de terra no cemitério. Vai ver o intruso era Raúl, que tinha ido parar ali não sabia quando, porque isso aconteceu depois de ele ter perdido o tempo.

Quando Vicente acordou, com a ressaca e a luz do dia doendo nos olhos, tomou um susto ao ver Raúl sentado, estudando-o.

— Eu achei que não tivesse mais ninguém aqui.

E Raúl, a quem já ninguém olhava, fosse por não querer ou por não poder, olhou e se deixou olhar, um vínculo que, por ele carecer de tempo e por Vicente ter experiência com assombros, não pôde senão ser instantâneo.

— Não se preocupa. Isso aqui é um vaivém. Pode ficar, a gente dá um jeito.

Carente de tudo, Raúl vislumbrou em Vicente conversas, notícias, favores. A possibilidade de um relógio.

— Você não vai me pedir nada em troca?

Vicente tinha cara de gente boa que com certeza tinha precisado fazer coisas de gente ruim, um tipo de rosto que Raúl bem conhecia.

* Documento venezuelano criado em 2016 que permite acesso a serviços sociais e benefícios. (N.E.)

Gente que, em vez de medo, lhe dava pena, porque a culpa lhe crescia no cenho como uma fenda delatora.

— Um papinho e estamos quites.

— Barato.

Agora que já se acostumaram um ao outro, Vicente é um correspondente de guerra bêbado, mas metódico, que transita pela vida e traz notícias dos quase mil dias que Raúl, embora não os sinta passar, perdeu por estar trancafiado no agora. Vicente é um veterano do lá fora, bonito e rústico como um cavalo com medo, a quem nunca falta um prato de comida, porque, com seus olhos bruxos e engenhosos, localiza carteiras gordinhas, comove muitos e seduz todos.

Raúl era professor aposentado de castelhano e literatura em escolas públicas, e de 2003 a 2008 havia dado aula na Misión Robinson,* onde Vicente tinha aprendido a ler e escrever, em uma época menos sombria, quando trabalhava como mecânico e tinha um namorado que o largou porque não suportou terem que ficar sempre escondidos, e assim Vicente ficou sem namorado e sem emprego, porque a decepção foi tanta que todo mundo acabou sabendo. E viadagem e mecânica não combinam, lhe disseram, vai trabalhar num salão de beleza e nem apareça mais por aqui.

— Mas eu já não quero me lembrar disso, professor, melhor me contar sobre você.

Vicente trata Raúl com a reverência sincera que apenas os bons mestres conhecem. Raúl tenta lhe explicar que ele perdeu

* Missão revolucionária encarregada de erradicar o analfabetismo e fazer jovens e adultos completarem ao menos o sexto ano da educação básica. (N.E.)

seu tempo, que memória e sonho se misturam, que não consegue decifrar a multidão vaporosa que o circunda.

— Eu estou com os ontens e os amanhãs embaralhados, todos aqui ao meu redor.

— Deve ser a falta de costume. Aconteceu a mesma coisa com a minha vó quando ela fez a passagem. E olha que ela sabia muito sobre este lado. Foi ela que me ensinou.

— Você não consegue ver eles? Não tá ouvindo o povaréu?

E seu bom aluno Vicente responde que não.

Raúl gostaria de saber como mostrar essa justaposição insólita em que está, e a única imagem que encontra é um labirinto abarrotado de gente, sua e alheia, superlotação de bocas que lhe falam sem que ele possa fazer nada, porque é tanto barulho e são tantos os rostos chorosos, exigentes, fuxiqueiros, que se tornam uma massa disforme, um zumbido grave que aumenta a ponto de ensurdecê-lo.

Até agora, a solução tem sido atravessar o nó de gente e ficar na brancura estática que há detrás dele. Um vazio luminoso e calado onde permanece à mercê do por enquanto.

— Professor, sabe quando a gente bate numa bolinha de gude? A gente tem que mirar bem na bolinha, porque, se não mirar, não acerta.

— Sei como é.

— Pois eu acho que o senhor tá precisando de uma bolinha.

— Como assim, você quer jogar nesta escuridão?

— Não, não. É para se livrar desse povo todo que tá deixando o senhor angustiado.

— O que uma coisa tem a ver com a outra?

— Você tem que se concentrar em uma pessoa, em alguém de quem você sinta falta. Ela vai ser sua bolinha de gude, saca? Você tem filhos?

Raúl não quer falar dessas outras criaturas devastadas. Ainda tem medo de invocar a ruína que ele mesmo instalou nelas, mas Vicente tem seus talentos, e quando Raúl percebe, já está recuperando o passado e contando-lhe sobre as três gerações de mulheres que carregam seu sobrenome, queixas em três timbres que o chamam e o chamam, sem que ele se atreva a responder, porque não há resposta possível para sua ausência.

— A bolinha, professor, olhe fixo para a bolinha.

Raúl se encolhe em meio à multidão, que o puxa sem tocá-lo, como uma dança forçada, ímãs egoístas que exigem pedaços dele de todos os pontos cardeais. Ele abre os olhos e vê apenas uma nuvem pesada, escandalosa, que o faz querer fechá-los de novo.

Mas olhos abertos.

Olhos abertos.

Olhos bem abertos.

E entre os sentidos um pouco mais dispostos, trespassa uma corrente de ar, um ventinho morno soprado por uma boca cúmplice, uma boca que assopra e assopra até que Raúl a encontra. Nina. Planta o olhar nela. O povaréu insiste em chamá-lo, mas vai perdendo nitidez, textura, volume. Os olhos de Nina são duas pedras de obsidiana, e ela, um túnel feito de carência. *Aqui, pai, aqui.* Nina.

Abraçada a seu colar-amuleto, ela se apodera dos olhos dele, e o encontro é tangível como já nada parecia sê-lo para Raúl. Ele a abraça, e um parêntese de tempo e oportunidade se abre em sua morte. Quanta falta, quanta tristeza de existir sem estar juntos, mas agora ali está o instante, acontecendo, imagens tão vívidas que, mais do que uma recuperação do passado, são um fogo que cresce e fagulha e crepita em um novo movimento, todos os sentidos em chamas, a serviço de um trânsito original de vida.

Um caos anacrônico, ele sabe, mas em harmonia sinfônica, como a própria Nina. Começa a pressentir que não há nada de definitivo na ruína, que pode fazer novos tempos em seu tempo perdido.

A pele de sua filha conserva uma suavidade infantil, um cheiro de caramelo de morango e suor recente, suor que vai se tornando rio fervilhante, calidez antes suave que assume uma realidade grosseira, rude, de labaredas violentas ao redor deles.

— Onde você se meteu, Nina?

Paredes de fogo que já não são de amor nem de ressurreição, mas de ódio e desprezo em língua estrangeira, os circundam, e Raúl nada mais sabe além de permanecer por perto durante o chamado de Nina.

O PLANO ERA PEGAR carona até Boa Vista e de lá até Manaus, a tempo de usar a passagem de avião que havia comprado muitos meses antes e que partia em dois dias para Porto Alegre, onde a esperava um trabalho voluntário num hostel em troca de cama e duas refeições diárias. Tinha tido a ideia lendo um blog e tinha se deixado levar por seu talento singular para pensar imprudências e convencer todo mundo e ela própria de que eram, quando não o correto, pelo menos o inevitável. Ela estava convencida de que esse prazo tão próximo serviria como impulso para aguentar o que viesse, mas bastou essa primeira paulada no ânimo para entender que recuar não era de jeito nenhum uma atitude de covardes. Ninguém tinha como saber que tanto de "o que vier" podia suportar sem perder a cordura, a dignidade, a vida.

Rezou para que o que estava acontecendo em Pacaraima não estivesse já rodando o mundo, como a violência sempre fazia, notícias falsas viralizando mais do que as reais, como se as verdadeiras já não fossem motivo de tanta perplexidade; não queria gravar na mente de sua mãe e de sua filha a imagem dela nesse pandemônio, que pensassem que, embora entre línguas de fogo, ela não tinha saudade suficiente para voltar atrás como as centenas, os milhares, que já se perdiam de vista, atravessando às pressas o marco da fronteira Brasil-Venezuela, bolsas, filhos e terror em mãos, atiçados pelos aplausos daqueles que ainda empunhavam as garrafas com gasolina e os isqueiros. Da única sombra que havia nos arredores, aquela que quando ela chegou adotou como sua, embaixo de um pé de manga ainda novinho, tinha a visão do acampamento arrasado, o estacionamento do supermercado Bom Garoto, com suas boas intenções binacionais, seus murais com as bandeiras irmãs e seu mapa tridimensional de um Brasil que tinha que ser melhor do que esse Brasil de cinco gatos pingados hostis à procura de motivos para abrir suas bocas e vomitar preconceitos e fechar seus punhos e distribuir linchamentos; tinha que haver um outro Brasil mais parecido com o Brasil que seu pai tinha desenhado nos sonhos dela, de Elisa e de Graciela, que nunca quiseram sonhar o sonho norte-americano porque o sul as imantava com uma gravidade tão física quanto histórica; tinha que haver um outro Brasil onde coubessem ela, suas mulheres e seus futuros, um que começaria no momento em que ela se atrevesse a pedir carona com os poucos que tinham fugido para o mato para se esconderem enquanto a confusão passava. As pessoas estavam atordoadas, e esse não era jeito de sair à procura de uma nova vida, ou talvez fosse o melhor e até o único, e mesmo atordoada, ainda que ela decidisse pagar os trinta reais que custava a passagem de ônibus em vez de pedir carona, a fila já ziguezagueava, caótica, maior do que o terminal de passageiros daquela pobre cidadezinha, que já era pobre antes da chegada daquela caravana de desespero.

Caminhou em direção contrária à fronteira, escapando do tumulto. Na distância, podia ver caminhantes solitários ou em pequenos grupos seguindo o mesmo plano que ela, com a grande vantagem de contar com olhos de crianças tristes e narizinhos sujos para comover motoristas, enquanto ela só tinha uma mochila meio chamuscada e um solado de tênis cujo conforto tinha se derretido inteiro e agora era fino, irregular, duro como plástico, e que, embora não chegasse a fazê-la mancar, lhe dava uma cadência ridícula no andar. Se Elisa estivesse com ela, talvez fosse mais fácil, mas uma Elisa capaz de causar pena teria que ser uma criança com o carimbo do desprezo e a incerteza entre as sobrancelhas, então era melhor sentir saudades de Elisa, se preocupar com a raiva de Elisa e sua recusa de falar com ela, do que arrastar sua filha de doze anos para esses desamparos, disso ela estava convencida, não importava que a teimosa de sua mãe não entendesse, contanto que o aceitasse, como tinha feito. Desde que seu pai morreu, sua mãe tinha se esquecido de como era isso de ser mãe, como era ser avó, como se de repente só soubesse ser viúva, e isso Nina podia entender perfeitamente, ainda que não falasse nada, porque sem seu pai ela só sabia ser órfã, como órfã devia estar se sentindo Elisa, enlutada sozinha, com uma mãe mendigando ajuda tão longe de casa, chorando ao escutar aquele quer carona, Nina? dito pela mesma mulher que em dias anteriores lhe ofereceu sanduíche e café e lhe explicou como tirar os documentos, essa que agora se sentia tão mal que chorava sem parar, como se tivesse uma torneira aberta lá dentro, e teve que pegar a picape do marido e sair oferecendo carona até onde pedissem para ver se compensava pelo menos um pouquinho o estrago da manhã espantosa. Dona Giulia, um milagre de gente cujo nome Nina nunca aprenderia a pronunciar direito.

Convertida em um vulto exausto na caçamba da picape, Nina tentava dormir e era interrompida por imagens do fogo que a expulsavam do sono, e tentava acordar e era adormecida pela monotonia dos retalhos de uma paisagem nova, mas nada muito diferente das estradas das planícies na Venezuela, ou da rodovia Falcón-Zulia, os mesmos caminhões solitários e motos superlotadas e carros velhos com idênticas e criativas soluções mecânicas de segurança questionável, os mesmos ônibus de linhas de transporte com nomes feitos de acrósticos impronunciáveis e as mesmas *busetas*, uma palavra que pode ser pronunciada sem dificuldade nenhuma, mas era melhor começar a substituí-la por vans para não andar por aí mencionando xoxotas em português e provocando confusões, *no vayan a pensar que tú eres puta*, disse um dos gêmeos quarentões de Barquisimeto,* torcedores furiosos do Real Madrid e ex-gorduchos como tantos de seus compatriotas que estavam sentados a seu lado com a aparente missão de não a deixar fechar um olho entre movimentos bruscos, gargalhadas estrambóticas e incoerentes e seu estoque de latas de atum que compartilharam com dor, mas de coração, para encanto da eloquente senhora Soraya, comerciante, devota da Nossa Senhora das Graças e de José Gregorio Hernández, mãe de dois filhos que a estavam esperando em Toledo, Paraná, não Toledo, Espanha, embora ela muito gostaria de que fosse lá e em castelhano, tão bonito seu idioma pra ter que mudá-lo depois de já ser avó de cinco, Ender, Engerbeth, Edicson, Yonni e Yamilé, uns anjinhos de Deus, todos meio orelhudinhos como a família de seu marido, mas uma beleza, não é verdade?, os filhos são sempre uma benção, disse em uma ironia involuntária frente ao sorriso evangelicamente grato de um casal de adolescentes vendo o filhinho de quase três anos mamando da gloriosa e inesgotável teta que o nutria, enquanto a eles lhes roncavam as tripas pelo menos duas vezes por dia desde que saíram de Anaco, onde nunca foram chavistas, mas

* Capital do estado de Lara, na Venezuela. (N.E.)

também não foram oposição, porque eles não se importavam com política, e ela, Soraya, confessou com pesar ter sido chavista, mas a Virgem tinha puxado suas orelhas quando se meteu na falcatrua do Conselho Comunitário* e, para se redimir, ela voltou aos seus dias de social-democrata conservadora e graças a Deus percebeu a tempo que tinha terminado as quatro horas de viagem e o centro de Boa Vista os recebeu com uma noite seca de comerciantes recolhendo suas tralhas, como se estivessem vendo ao revés a cena dos camelôs montando suas barraquinhas nas madrugadas do Callejón de Los Pobres** em Maracaibo.

Dona Giulia insistiu em levá-la até a rodoviária, e Nina ficou com vergonha, mas Gi não aceitava um não como resposta e foi à rodoviária e à fila para comprar a passagem e o pastel frito e o suco e até a sentou na poltrona e reclinou o encosto para ela e enfiou no seu bolso um papelzinho com o telefone e o endereço da Superintendência da Polícia Federal de Porto Alegre e da Igreja da Pompéia e de uma amiga sua que trabalhava na Cruz Vermelha e que estava em missão em Roraima, mas com certeza teria como conectá-la com boas pessoas, e lhe pediu pela vigésima vez que perdoasse seu povo por queimar sua barraca e deu graças aos céus pela centésima vez por ela não ter perdido sua mochila, que ela sabia dos tesouros que Nina levava ali dentro, Deus te abençoe, menina, e Nina apenas balbuciou um obrigado choroso, porque ela nunca soube pedir nem aceitar ajuda, e, sem as Giulias que este mundo de merda ou o céu em que ela não acreditava insistiam em botar no seu caminho, ela estaria perdida.

* Órgão de poder popular que busca a participação cidadã na gestão de suas comunidades, com foco na organização e autogestão. É formado por moradores de um mesmo bairro ou comunidade e tem como objetivo principal promover a participação e o controle social na gestão dos recursos e projetos locais. (N.E.)
** Famoso camelódromo. (N.E.)

Dormiu um sono que pareceu mais um desmaio, doze horas seguidas e, moça, moça, chegamos, um homem chamou já na manhã de Manaus. A esse mesmo homem perguntou qual era a forma mais barata de chegar até o aeroporto, e que bom para os recém-chegados que no Brasil as linhas de ônibus tivessem nome e número e paradas fixas, pensava Nina, lembrando quão esculhambado e ao mesmo tempo divertido, de uma distorcida e masoquista maneira, podia ser o transporte público em Maracaibo, uma cidade de mais de dois milhões de habitantes onde a lei era a informalidade e o jeitinho, e como pedir que o povo não fosse escandaloso ou hostil, se até para pegar um ônibus tinha que se envolver num combate corpo a corpo? No caminho Nina foi se curando da sensação de coitadinha, em grande parte ajudada pelo fato de ter conseguido cobrir a área queimada da mochila amarrando um trapo em cima, como se fosse um cachecol, e, quando chegou ao aeroporto, já conseguia sentir-se uma pessoa quase normal, uma viajante como qualquer outra, em quem o cansaço no rosto não era necessariamente sinônimo de estar dormindo em praças, mas de um possível jet lag ou uma insônia de motivos menos prosaicos; uma viajante cujo sotaque era bonito, até o momento de apresentar o passaporte e mostrar-se parte da praga. Aproveitou a conexão USB do assento do avião para ressuscitar seu telefone, morto fazia mais de um dia e, ainda que não estivesse escutando nada, os fones de ouvido de cortesia a protegeram de interações indesejadas. Na escala em Viracopos, viu as seis da tarde caírem cinzentas na paisagem da cidade, olhando por um janelão enquanto comia um pão de batata e chorava pela irresponsabilidade de ter pagado catorze gigantes reais por ele e por saber, já na segunda mordida, que não seria suficiente para toda a fome de seu estômago que, desde o pastel do dia anterior, só tinha recebido a tacanhice das bolachas sem graça e o café queimado do avião, que se repetiriam no trajeto seguinte e a levaria com azia até Porto Alegre, onde um argentino grande e barbudo com cara de italiano chamado Giuseppe ou Fabrizio, mas que na verdade só tinha um oitavo de Itália em si e se chamava Diego Benítez, a esperava com um cartazinho com seu nome ao lado da marca do Hostel Cidade Azul e ela, que sempre tinha desejado chegar a algum lugar e ver seu nome num cartaz daqueles, se sentiu bem-aventurada para começar sua nova vida, apesar do frio acachapante que se enfiou até pelos seus olhos quando a porta se abriu.

Tem gente que não sente dor. Se queima, se corta, se esmaga sem perceber. Depois lá está o sangue, o hematoma, a bolha e a notícia. No dia que você morreu, Raúl, a única coisa que eu senti foi raiva da mentira que me rodeava. Minhas mãos rezando em cima do seu caixão eram como uma fotografia das minhas mãos rezando em cima do seu caixão. Meu choro foi escasso, teórico, e as palavras saíram de mim como do roteiro de tantas novelas. Umas duas semanas depois me chegou a notícia. Então comecei a enxergar o sangue, o hematoma, a bolha. Então não consegui enxergar nada além disso.

Essa demora me custou muito caro, e agora é você que me faz esperar. Você sempre me disse que eu não devia acreditar nessas besteiras de defuntos e energias e astros, mas há coisas que não cabe a nós decidir. O que eu podia fazer? Dizer para minha mãe não falar comigo, ficar quietinha onde quer que estivesse? E minha tia Susana, que não houve quem pudesse mandar calar em vida, como silenciar depois de morta?

Nina também não entende dessas coisas. Não a culpo, eu mesma não acreditava em nada nem em ninguém, até que, já com mais de cinquenta, ganhei isso que eu não sei se chamo de talento ou capacidade. Eu acho que esteve sempre aqui, como uma certa disposição que precisava ser alimentada para poder virar verdade. Nina disse que eu devia ir ao psiquiatra, para ela tudo se resolve sempre num consultório, é hipocondríaca para as coisas do corpo e da mente também, e você, se fazendo de inocente, me lembrou dos episódios neuróticos da minha avó. Agora que todos foram embora, só os meus mortos me fazem companhia. Às vezes me convenço de que você não se decide a falar comigo para não ter que admitir que eu tinha razão. Mas a maior parte do tempo penso, Raúl, que é possível que você tenha medo de voltar a esses destroços que somos o país e eu.

Parece que o cemitério fica cada vez mais longe. Antes, em meio ao caos da cidade cheia, não havia fendas para ver as distâncias reais, os caminhos, o mapa. É como se sempre tivéssemos dirigido de noite e com as luzes baixas e, de repente, varressem as construções e nos deixassem num caminho deserto, dentro de uma lata-velha em que só funcionam as luzes altas. Quanto mais vazios ficamos, maiores se tornam as dimensões deste espaço e as dificuldades para percorrê-las. Tampouco importam já os horários, a cidade não sabe mais de horários de pico, e, por mais cedo que eu saia, a espera por um carro, uma van ou mesmo um pau de arara tem se tornado tão longa que esse sol agressivamente perpendicular sempre me queima. Mas algo passa, alguma coisa sempre passa. Dessa vez tive a sorte de que fosse um *por–puesto*.*

* Carro comum usado como transporte alternativo, com preço cobrado por pessoa. (N.E.)

As portas fechadas de tantos comércios passam pela janela como um filme de pós-guerra, o vento quente arrasta uma poeira antiga e debochada, ferrugem, fuligem, sujeira. A universidade é o que mais me dói ver, vestígio tomado pelo mato onde mais ninguém invade meu escritório com seus dramas administrativos, bom dia, Graciela, a professora Dunia tá aí?; Gracielinha, aqui te trouxe um bolinho, será que dá para você abrir o sistema e conferir essas notas?; Graciela, hoje eu não estou para ninguém, estudante que vier, estudante que você vai mandar embora; e eu nunca mandava ninguém embora sem lhe dar alguma resposta, porque ser a melhor secretária da faculdade não era uma fama que se pudesse conquistar com desdém. Por muito que me enchesse o saco aquele formigueiro de estudantes, não há quem não sinta falta dele quando visita os corredores da faculdade e vê que onde antes havia milhares hoje há dezenas. Um quase silêncio que não suporto. Me desfiz do compromisso absurdo de ir à faculdade para fazer vários nadas, a chatice inútil do bater ponto, com certificados médicos que atestam uma depressão incapacitante que não é minha, mas de todos.

Quantos decibéis perdeu Maracaibo? O tanto que você detestava os gritos e o trânsito desesperador, Raúl. Hoje o único escândalo são os escombros, e você não está aqui para desfrutar comigo deste silêncio, alívio amargo, que nos restou.

Hoje, quando visitei seu túmulo, vi um menino dormindo lá dentro. Eu o tirei de lá a vassouradas e gritei todos os palavrões que conheço. Depois me arrependi. Você com uma tremenda casa, e vai saber Deus as histórias que o coitado tem para contar. Deixou lá dentro uma garrafinha de água e uma sacolinha de plástico com uma presilha de cabelo, um *carnet de la patria* e duas mangas. Ele se chama Vicente José Namías Hernández. Prometo que, se o encontrar novamente, vou falar com ele. Por enquanto, vou deixar lá dentro as coisinhas dele.

Raúl? Você está falando comigo? Raúl? Sua voz não quer ir embora. Eu a escuto quicando por toda a casa. Um nível de detalhe e de realidade que me faz duvidar se Nina não tinha razão com aquilo de procurar um psiquiatra. Te escuto me chamando. Às vezes sinto que a sua voz sai do pingente do meu colar, onde um "Chelita", escrito por você, parece que reverbera. Escuto o jogo de beisebol e te ouço comemorar os home runs e os strike outs com a sua fúria melodramática. Escuto o carro chegando, a buzina ritmada que ninguém toca como você. Te escuto dando a bênção para Elisa. Te escuto me chamando, Chelita, Chelita, respondendo *la lucha sigue!* sempre que alguém diz *Chávez vive!* na VTV.* Mas não, Chávez não vive, e você, Raúl, não me visita. Por onde você anda? De onde você está vendo morrer *el Proceso*? Nina diz que a sua morte é a confirmação da morte da *Revolución*. Mas é claro que não, você teve a sorte de morrer um pouco antes dela.

Vó, você comprou pão?, me pergunta Elisa, e eu sinceramente não sei quando nem como cheguei em casa. Me ausento de mim como, se de um segundo para o outro, sem prelúdio, sem sintoma prévio, alguém me roubasse peças. Quando volto, nunca volto eu, nunca me devolvem a peça. Não, tinha muita fila na padaria. Então o que a gente vai jantar? Algo deve haver, olha no armário. Vó, não tem. Não tem nada, nos tornamos nada. Não tenho nada para te oferecer, Elisa, nem dentro, nem fora do armário. Eu não sei mais cozinhar, para cozinhar a gente precisa se sentir bem, porque senão envenena a comida. A tristeza contagia que nem gripe. Me deixem quietinha aqui, bem longe da cozinha. Não queria ter que cuidar de

* Rede de televisão estatal venezuelana. (N.E.)

uma neta quando a única coisa que eu queria fazer é cuidar do meu luto, nutrir só ele, senti-lo até o tutano, me doer como a perplexidade não me deixou doer nos primeiros dias. Procura no armário, na despensa, na geladeira, no espelho, na máquina de costura, nas gavetas do guarda-roupa, nos livros da estante, Elisa, que alguma coisa vai ter. Procura bem e me dá um pouquinho do que você encontrar. E olha se não está o seu avô rondando entre uma coisa e outra, que a gente não sabe como ele vai querer aparecer.

Minha mãe, por exemplo, não se parece com nenhum outro mortinho. É como se fosse uma nuvem de voz. O corpo dela é ainda seu corpo, mas, de perto, é feito de migalhas, como um vespeiro flutuante, ruidoso. Uma falsa discrição que sempre me pega de supressa, como tudo nela. Já minha tia avisa antes de me visitar. Folhas de manga aparecem entre os meus lençóis sem eu jamais pegá-las, depois sinto cócegas no ouvido, como se fosse uma das folhas me acariciando, e depois a vejo, sentadinha num canto da cama. Meu irmão Augusto não vem com tanta frequência e, na verdade, acho que é melhor assim. Ele é um vulto de infância com olhos de gente velha que me faz sentir culpada. Quando lhe perguntei por que voltou como criança, ele respondeu que foi com essa idade que ele começou a morrer, e essa é uma gaveta que eu não quero abrir.

Nenhum deles me dá notícias de Deus, nenhum deles me explica nada, assuntos de paraíso e de vida e morte estão fora da discussão. Eles vêm com uma vocação de comentaristas, de excursionistas da memória. Na maioria das vezes, não querem que eu fale. Todos falam que é minha vez de escutar. Será que é isso, Raúl? Será que você tem medo de falar? Eu não vou te perguntar nada, eu juro. Você sabe que eu nunca falei com Nina sobre a sua morte? Ela nunca se meteu na minha cama para chorarmos juntas.

Nunca gritou maldições comigo. Nunca, nem quando pedi que o fizesse. E de repente, um dia, chegou com o pingente. Recortou suas palavras e as transformou em amuletos, um para mim, um para Elisa e um para ela. Criar amuletos, sua forma de chorar. Para ver as verdades de Nina, você tem que pô-la à contraluz. E ela não se deixa pegar, é escorregadia como você. Vocês sempre defenderam tanto seus mistérios, sempre quiseram acreditar que isso era seu maior encanto, mas eu sempre soube que essa era a sua maior fonte de sofrimento. Vem, Raúl, prometo não fazer barulho.

A AUSÊNCIA DE UMA segunda venezuelana com a qual Diego contava foi uma surpresa desagradável para Diego e para Nina, em dois dias chegaria um grupo da Bahia e teria muito trabalho para ela, talvez demais, ele tentaria contratar mais alguém, mas assim, de uma hora para outra, não se encontravam migrantes qualificados; se ela não estava de acordo com assumir o trabalho sabendo que a carga poderia ser maior do que a prevista, ele não se ofenderia e também não lhe daria uma nota baixa no perfil do *worldcoworkers*, a plataforma de trabalho voluntário onde tinham se conectado, *pero decime vos*, disse Diego com seu sotaque bonaerense intacto, *decime si vas a poder o no* para já ir resolvendo, e *claro que puedo*, respondeu Nina, *cuenta conmigo, faltaba menos, cómo no*, e outras várias frases que queriam dizer a mesma coisa e cujo subtexto era que ele podia pedir-lhe que limpasse o piso com uma escova de dentes que ela ia aceitar para ter uma cama decente e não precisar pular mais refeições e poder ficar com o casaquinho tão quente que Diego tinha resgatado para ela da caixa de achados e perdidos.

Diego entendeu o texto e o subtexto e agradeceu a disposição de Nina para o trabalho, ao passo que lhe apresentava o lugar, lindo, lindo, lindo, dizia Nina enquanto fazia fotos e as enviava para Elisa sem que Elisa as abrisse e sem que tivesse respondido as últimas vinte mensagens que ela havia enviado, porque Elisa respondia quando lhe dava na telha e sempre com monossílabos, com o emoticon antipático de cara de tédio ou com o triste. Diego contou a história do hostel, que se cruzava com sua sofrida história pessoal de tempos recentes, pois toda aquela reforma era um projeto seu com sua ex-mulher e ex-sócia, ela que tinha inventado de fazê-la e ela que tinha abandonado invento e marido quando se aproximava a inauguração. Um saldo de dívidas e dores que Diego insistia em contar como forma de apressar o processo de estreitar laços, *contame vos cómo viniste a parar aqui*, e Nina, que detestava falar de si com desconhecidos, foi surpreendida pela vontade e até por uma inédita necessidade de contar a si mesma, tão mera estatística que tinha sido desde que saíra de casa. Contou sobre o plano que tinha com seu pai, Raúl, de fazer uma viagem transulamericana que começava em São Luís do Maranhão, descia pelo Nordeste inteiro, demorando-se alguns dias em Salvador e em Recife, uma passagem obrigatória pelo Rio de Janeiro e por São Paulo, uma parada estratégica em Curitiba, depois terminar o trajeto brasileiro em Porto Alegre para ver se era verdade a história de que o sul era muito pampa e pouco samba, e daí Montevidéu, Buenos Aires, Mar del Plata e descer até o Ushuaia, para logo bordear a cordilheira e atravessar o Chile e sua linha reta, ficar enjoados na Bolívia, comer delícias baratas no Peru, conhecer a cintura do mundo em Quito e chegar à Colômbia, que era quase como chegar em casa, que era logo ali mesmo. Mas não é isso que você tá fazendo agora, certo?, perguntou Diego, e Nina precisou mentir, fazendo da economia a única impossibilidade para cumprir esse plano, e não o fato de seu pai ter morrido fazia já dois anos, *coño, dos años*, e como era tão difícil juntar o nome de seu pai, tão imenso, àquele verbo impossível e mesquinho, decidiu naquele momento manter seu pai vivo na sua nova existência brasileira e só por ter esse poder começa a valer a pena tanto perrengue. Ela teve que assumir que sua viagem não era de aventura, mas de desespero, ainda que uma coisa puxasse a outra, e que havia na Venezuela uma filha que quase não falava com ela desde que ela botou a primeira camiseta na mochila e uma mãe que queria ir embora do país, mas, para fazê-lo, tinha que levar junto sua casa, seus mortos e seus fantasmas e, sendo pobre e cética, Nina não tinha como resolver esse empecilho. De qualquer forma, ela tinha certeza de que, depois de uns meses de distância e com a notícia de que já tinha um cantinho alugado e dinheiro para as passagens, essas condições se abrandariam e suas mulheres se reuniriam com ela.

Y qué tenés con Porto Alegre? A maioria vai para São Paulo, Rio, mas Porto Alegre? Tinha uma mistura de intuição, teimosia e bobagem. Enquanto a maioria das pessoas ia para capitais e cidades grandes ou ficava zanzando em cidades fronteiriças, Nina tinha se convencido de que era melhor recomeçar em uma cidade onde os venezuelanos ainda não fossem uma peste. Essa era a parte que ela dizia em voz alta, a parte coerente. A que não dizia, porque sentia vergonha de sua breguice, era que Porto Alegre lhe rondava romanticamente a cabeça desde 2005, quando foi ao Fórum Social Mundial com um grupo de amigos, camaradas da juventude socialista, Camilo entre eles, quando Camilo era tudo o que ela queria de juventude, de socialista e de inconsequente também, embora aquele embrião do tormento que lhe maltrataria a vida estivesse escondido naquele momento, tamanho era o feitiço, tantas eram as imagens dele e da cidade vistas através do filtro de sonho com que a militância boba e hiponga ensina a ver a possibilidade da revolução, quanta falta sentia ela desse filtro que tão motivada, útil e entendida a tinha feito sentir, e que logo tinha explodido em seus olhos em estilhaços cujas feridas ainda eram tão recentes que não a deixavam "entender o momento histórico" e das quais Diego, com sua decoração kitsch guevarista, gramsciana, algo trotskista e sempre emocionante do comunismo, não precisava saber, pelo que a resposta foi uma piada, me contaram que Porto Alegre era como Buenos Aires, *pero sin los porteños*, um sonho. *Mira vós, te contaron mal*. Se eu fosse você, iria embora para Buenos Aires, que lá sim é uma cidade com letra maiúscula, apesar do inconveniente de estar cheia de portenhos, e terminaram a noite rindo feito idiotas, porque não há nada como piadas de argentinos para fortalecer a unidade latino-americana. Fortalecer era uma palavra que Diego usava com uma frequência excessiva, suspeita como todo slogan, Nina não podia nem pensar na palavra slogan que Cardenal já lhe vinha à cabeça, Cardenal na boca de Camilo, o padre Cardenal trazendo tanta sedução à boca de Camilo quando repetia aquilo de "Bem-aventurado o homem que não segue as palavras de ordem do partido, nem frequenta seus comícios, nem se senta à mesa com gângsteres, nem com os generais no conselho de guerra. Bem-aventurado o homem que não espiona seu irmão nem delata seu colega de colégio, bem-aventurado o homem que não lê os anúncios comerciais, nem escuta suas rádios, nem acredita nos seus slogans. Será como uma árvore plantada junto a uma fonte", que Camilo continuava seguramente repetindo com a mesma empolgação na voz e sem vestígio da sedução de antes, não porque uma bala tivesse lhe arrancado um olho e agora usasse um tapa-olho à moda pirata, ou porque tivesse engordado uns quilos e diminuído a barba e os fios brancos estivessem invadindo o preto do seu cabelo, porque, de qualquer forma, todas essas novidades ficavam bem nele, mas porque, entre cargos de secretarias de cultura, de cidadania, xis e ípsilon, e ministérios disso e daquilo, em algum momento desse colapso que foi da autoridade ao autoritarismo, dentro e fora de casa, Camilo e o casamento e a revolução libertária e democrática que ambos ajudaram a construir haviam se transformado em uma massa de slogans, figurinos e pódios nos quais era difícil continuar acreditando, porque bastava dar um passo atrás, tirar por um momento a lente embaçada, o filtro cego da militância, para ver que pouco restava de Cardenal, de suas árvores e suas fontes.

Mas fortalecer era um verbo que os homens amavam e os revolucionários amavam, então Camilo e Diego, homens e revolucionários, amavam ao quadrado. Foi esse o verbo que Diego escolheu como protagonista para acompanhar a foto de Nina no Instagram, sorridente e prestativa na recepção do hostel, um texto cheio de amor, solidariedade, empatias fortalecidas, que fazia com que ele ficasse bem na fita, exemplo a ser seguido, tendo "sua" venezuelana trabalhando consigo, texto em que palavras como "voluntariado" e "zero funcionários fixos" não apareceram por nenhum lado, mas Nina sorriu de qualquer forma, sorriria durante meses, atendendo os pequenos grupos que de vez em quando aterrissavam no hostel, viajantes pobres, a maioria, boa gente e bêbados, muitos, que davam um gostinho de mundo à rotina de trabalhar três dias, descansar um, fazer café da manhã e almoço com tempero não tão caribenho, por favor, manter tudo limpinho e cheiroso, inclusive ela mesma, e melhor se fosse com uma maquiagenzinha nem muito simples nem muito chamativa, lençóis branquinhos e expectantes como seu bolso, que continuava sem receber um centavo de Diego, apesar do trabalho voluntário ter se estendido por setembro, outubro, novembro, dezembronatal e janeirofeliz2019, fevereirocarnaval e março, que foi quando ela não aguentou mais e deu um basta.

O hostel e ele dependiam dela, mas toda dependência era pouca quando comparada à sua necessidade. Nina tinha feito suas contas e tinha conversado com algumas pessoas e não queria ter chegado a essa conclusão, mas o fez, Diego já devia estar lhe pagando um salário, essa coisa de dar cama e comida e achar que com isso bastava não era justo nem ético nem revolucionário, ela merecia um salário, ainda que fosse mínimo, e a cama em quarto coletivo e a comida que ela mesma preparava eram benefícios poucos à luz das leis brasileiras e ele bem sabia disso, mas é que ele também sabia, porque ele também tinha feito suas contas, que caso Nina tivesse que pagar um aluguel, por mais muquifo que fosse o lugar, e pagar por comida e transporte, o dinheiro que ela poderia ganhar fazendo faxina em casas de família se iria todo em sobreviver e não poderia enviar os quase cem dólares que ela enviava para Venezuela nos meses bons, e sem essa remessa a que se resumia sua maternidade desde que Elisa se recusava a falar com ela, suas mulheres estariam tão miseráveis quanto antes de ela viajar, o que anularia sem piedade qualquer vantagem de sua ida.

Diego não contava com o fato de que, junto com o carnaval, chegaria um convite do professor Horácio, dono de uma das casas que ela faxinava nos dias livres do hostel: curso de português para estrangeiros, começando logo após as festas, gratuito, aulas de três horas, duas vezes por semana, com a esplendorosa e também professora Sandra, a esposa dele, na Universidade Católica, e, católica ou não, Nina sempre gostou do ambiente universitário, embora nunca tivesse conseguido permanecer muito tempo na faculdade de educação, nem na de serviço social e muito menos na de direito, pois ela era mais chegada nos cursos curtos, práticos, e tinha feito centenas deles, a maioria meio inúteis, porém divertidos, e agora podia encher a boca dizendo que sabia língua de sinais e, inclusive, um pouco de wayuunaiki.* Ela havia trabalhado de tudo, de vendedora sóbria na Zara a gerente em uma loja de jeans falsificados em Las Playitas, de modelo de pernas a motorista de transporte escolar, passando por seus gloriosos dias de palhaça de hospital/animadora de festas infantis/bartender, todas as três em uma mesma jornada de entusiasmo; épocas luminosas e otimistas, que se alternavam com épocas de hippie depressiva, quando mandava tudo à merda e fazia bijuterias para vender nas praias de El Supi no Carnaval, na Semana Santa e nas férias, para ver se assim se livrava um pouco da raiva da vida pós-adolescente, e em cada uma dessas atividades tinham lhe dado um certificado que nunca guardava e que tão úteis seriam agora, ou um salário, bom ou ruim, mas sempre um salário. Diego não lhe dava nem uma coisa, nem outra, não quis ajustar os dias de folga para que coincidissem com os dias de aula e também não lhe deu autorização para ir ao curso, que começava naquela tarde, e foi assim que Nina teve a confirmação do egoísmo dele, também fortalecido, e aí sim não houve santo que a impedisse de gritar bem na cara dele; pelo curso e pela tacanhice disfarçada de bancarrota que ele mencionava várias vezes por dia, sem perceber que a simples palavra bancarrota era coisa de burguês, porque implicava um passado de abundância perdido, e quem era pobre desde sempre não adornava com eufemismos seu lugar na luta de classes; pela cantilena teórica revolucionária de esquerdomacho que pretendia lhe explicar o que, segundo ele, ela não entendia do seu próprio país; e, acima de tudo, por nunca ter

* Idioma falado pelo povo indígena Wayuu, que habita a Península de La Guajira, entre a Venezuela e a Colômbia. (N.E.)

perdido o tom caridoso que no começo ela pensava que estava só na sua cabeça, produto de sua síndrome da "coitadinha", até que a professora Sandra, que sabia dar nome e sobrenome às coisas como ninguém, lhe disse que a vontade que dava era de arrebentar a cara daquele palhaço que se aproveitava dela e ainda tinha os santos colhões de apresentá-la ao mundo como seu projeto filantrópico pessoal, tão pessoal que parecia que lhe incomodava que qualquer outra pessoa se aproximasse com carinho ou oportunidades que pudessem lhe roubar o protagonismo na sua causa. Nina gostou da expressão na mesma medida em que lhe doeu, por isso a adotou para si, e foi com essas palavras, projeto filantrópico pessoal, que nocauteou Diego, que se ofendeu até as vísceras, *la recontraputa que te pariu, veneca del orto,** por isso é que não querem vocês em lugar nenhum, estão se achando o quê, vocês, mal-agradecida de merda, *andate ahora mismo de aquí.*

* Termo pejorativo referente à mulher venezuelana. (N.E.)

Manda perguntar a minha avó se a senhora pode nos emprestar dois ou três ovos. Que, se puder nos dar duas colherzinhas de café, vai lhe salvar a vida. Que se também tiver um pãozinho, agradece. Já são quatro, ou cinco, as vezes que Elisa teve que recorrer à dona Olga, a vizinha do lado. Todos os dias ela dá graças a Deus por ela. Enquanto a maioria das casas vão ficando vazias e os que restam estão em atitude de "salve-se quem puder", Elisa sabe que pode contar com a dona Olga.

Ela e sua mãe sempre se deram bem. Olga é carinhosa, não julga ninguém e, como aconteceu com Nina, as fofocas do bairro lhe criaram uma reputação de quem dá como chuchu na cerca. De puta. Agora que todos são pobres, o fato de a geladeira de Olga continuar menos vazia que a dos outros parece ser uma confirmação. Ninguém nunca perguntou como ela está nem como se vira para ganhar dinheiro, então nunca ninguém, com exceção de Elisa, soube que Olga tem um armazém em Machiques e que todo mês sua prima lhe traz o lucro. Ela cumpre o papel de puta do bairro, de corruptora de Nina, como todos precisam que ela faça, e ponto. Às vezes, Elisa finge não se importar. Outras, sente que seria capaz de incendiar uma a uma as casas dos fuxiqueiros, mesmo que isso signifique incendiar sua própria casa com a mal-agradecida da sua vó Graciela dentro.

Meu bem, onde está Graciela? A sua avózinha está bem? Por que vocês não foram ainda ao mercado? Nina não mandou dinheiro esse mês? Quer que eu vá lá ver a sua vó? Não se preocupe, obrigada. Elisa responde desse jeito a tudo. Diz para Graciela que amanhã eu passo por lá. Obrigada, Deus, pela dona Olga. Obrigada, dona Olga.

Dessa vez, como nas outras, ela se esforça para conter sua solidão, mas o tremor que começa no seu queixo logo contagia o restante do corpo e os treze curtos anos de Elisa viram uma verdade chorosa, desvalida. Ela queria tanto que fosse verdade isso que falam sobre sua maturidade precoce, sua responsabilidade, sua autossuficiência. Mas não é, ela é uma criança, e esse resto de infância que querem tirar dela lhe dói na pele, nos sapatos da escola, nas tranças que sua mãe a ensinou a fazer sozinha como um prenúncio do abandono, nos brinquedos que ainda não renunciou porque se recusa a aceitar que lhe encurtem a inocência.

Olga a abraça e a deixa desabafar sem pedir explicações nem dar falsos confortos. Hoje eu vou fazer a sua comida. Não se preocupe, obrigada. Mas Olga ainda se preocupa e faz para ela uns ovinhos mexidos com pão torrado e café com leite, prepara um *tupperware* com uma porção para Graciela e até lhe dá uma sacolinha com coisas para o café da manhã. O único defeito de Olga é que ela não tem medo de perguntar algumas coisas, e algumas das coisas que ela pergunta doem. Tem falado com a sua mãe? Não se preocupe, obrigada.

De volta em casa, ela esquenta a comida, tendo o cuidado de deixar queimar um pouquinho o pão e adoçar demais o café com leite para acobertar melhor a mentira de que foi ela mesma que preparou. Ela leva a comida para Graciela no quarto. Viu? Eu te falei que tinha alguma coisa. Elisa nem responde. Sua avó detesta que ela fique mendigando comida para Olga, e sua aparência está tão abatida que ela não quer acrescentar mais motivos.

Antes, pôr a mesa parecia ser a cerimônia favorita de Graciela. Sua expressão satisfeita ao ver a simetria dos pratos, a harmonia das cores servidas, o apetite nos olhos dos comensais, é algo de que Elisa sente falta três vezes por dia. Por isso já quase não come com a avó. Faltam pratos na mesa, e cada refeição grita as ausências. Elisa fica uns bons minutos brincando com a comida, esperando que o nó da garganta se desfaça, e a avó acaba brigando com ela e levando embora o prato antes que ela tenha recuperado o controle da sua traqueia e seu esôfago. Elisa está se acostumando a comer em frente à TV, e, embora algumas vezes esteja desligada por falta de energia elétrica, ela prefere isso a comer com a avó que, de um tempo para cá, está sempre desligada.

Desta vez, é Graciela quem come em frente à tela. Ataca o prato como se fosse a primeira comida do dia, e provavelmente é, enquanto recebe, como todas as noites, o dilúvio de informações nacionais e internacionais que Walter Martínez apresenta no *Dossier.** Elisa não entende nada do que é dito e também não quer entender, sente medo de encontrar argumentos que justifiquem o que sua mãe fez. Mas sempre achou Walter um cara simpático, uma espécie de avô midiático, correspondente de guerra com um tapa-olho misterioso, amigo íntimo de Mafalda, se Mafalda fosse real, adulta e trabalhasse na ONU.

* Programa de TV venezuelano de análise política nacional e internacional. (N.E.)

Ver *Dossier* à noite é um hábito com que ela cresceu. Antes, quando a vida não estava limitada ao quarto e à falta, assistiam ao programa na sala, e seu avô Raúl ia somando comentários pontuais, em um diálogo intenso com o jornalista, quase um amigo da família, tão sábio quanto caolho. O tema era as acusações de corrupção que pairavam acima do programa do CLAP,* quando um toque rouco dos anos noventa, vindo da sala, interrompeu Walter: o telefone fixo ressuscitado por uma voz desconhecida. Você não sabe quem está falando? Não, não sei. Vó, deve ser pra você. Não, não, sou Camilo, o seu pai.

As pessoas chamam qualquer coisa de "pai". Quando ele se afastou, ela tinha sete anos e mal sabia somar com três dígitos. Agora está na sétima série e está lidando com equações lineares e frações e propriedade distributiva, mas já parece conhecer os conceitos elementares da vida mais do que essa voz que, do outro lado da linha, onde quer que isso seja, espera que ela peça a bênção. Quem é?, pergunta Graciela. É Camilo. Camilo, o seu pai? Camilo.

Elisa aprendeu que a palavra "pai" designa um ser genial como seu avô Raúl, que sabia com exatidão o ponto de queimadinho que ela gostava na banana-da-terra frita, a dificuldade que ela tinha para lembrar a capital de Honduras e qual era o nome da sua melhor amiga da semana. Do outro lado da linha, certamente não há um pai. Há um sobrenome que ela carrega como uma etiqueta e não como uma história.

Elisa escuta as muitas perguntas dele, percebe o esforço por demonstrar o carinho que sua distância nega, o silêncio desconfortável

* Comitês Locais de Abastecimento e Produção (N.E.)

daquele que fracassa na sua tentativa de que duas ou três frasezinhas feitas, como você deve estar grande, igualzinha à sua mãe, ai, mas que inteligente, compactem esses seis anos de ausência e telefonemas quando muito semestrais e os joguem fora como um lixo qualquer. Depois de vários monossílabos, ele promete que vai ligar de novo. Tá bom. Camilo diz que dessa vez está falando sério, que não se importa com o que Nina disser. Eu também não me importo, responde Elisa, Nina foi embora pro Brasil.

Elisa desliga e descobre sua avó no sofá, interessada nela pela primeira vez em dias.

Onde está o seu pai?

Ele disse que vem no final de semana, me deu o número dele. Vó, precisamos contar pra mãe?

Você quer ver ele?

Não sei.

Se você quiser ver ele, então melhor ficar caladinha.

Por quê?

Fica caladinha e ponto.

Mas para Elisa, como para Nina, o silêncio só serve quando vem de dentro. Pode fazer um esforço, mas não pode se comprometer a não jogar na cara da sua mãe que seu pai está de volta. Será que eles tinham feito um acordo? Teriam feito um pacto quando ela nasceu, de que Nina cuidaria dela uns anos e depois seria a vez do Camilo? Cada um teria um turno para estragar a própria vida por tomar conta dela? Se sua mãe tinha zarpado, se o vô Raúl tinha morrido de repente e até a vó Graciela tinha desistido de cuidar dela, por que ela não ia ter o direito de ver o Camilo? Por que sua mãe não podia saber que ele tinha ligado? Será que iria proibi-la de vê-lo?

A ideia de que o abandono de Camilo era culpa de Nina inunda Elisa com a intensidade transbordante e veloz das mágoas de amor infanto-juvenis. Agora que Nina também é uma desertora, as críticas que ela fez sobre Camilo nos últimos seis anos e que entulharam a cabeça de Elisa não são mais do que hipocrisia, intriga de novela ruim da Univisión, matéria de *Caso Encerrado* e outras porcarias a que as pessoas assistem e que o avô Raúl odiava com todas as forças e com razão.

Durante um bom tempo você teve dois olhos e os tomou como certos, assim como tomava como certas tantas coisas naqueles anos. Você já tinha idade para saber que a vida era um risco, mas sempre chegou tarde aos aprendizados. Você tinha trinta e cinco e ainda tinha certeza de que controlava seu corpo e sua cabeça. Maldito chavista. A bala foi um calor que te apagou a arrogância em um lampejo bordô. Maldito chavista, foi a última coisa que você escutou antes de apagar por uma fração de tempo que você jamais saberá precisar. Depois você acordou e, embora sentisse que metade do seu rosto não existia mais, continuava tendo um torso e umas pernas, porque foi neles que despencou a dor como uma chuvarada de alfinetes e foi neles que você sentiu o toque dos que te levaram para o hospital. Os filhos da dona Gladys. Antes daquela noite, você tinha dois olhos, a ilusão de controlar alguma coisa, uma esposa e uma filha, um trabalho que te levava até os bairros mais perigosos da cidade, e foi em um deles, em Cerros de Marín, que você perdeu um olho e começou a perder o resto.

Era fevereiro de 2009, faltava uma semana para as eleições da emenda constitucional e você estava com o carro repleto de material de campanha pelo sim. Você tinha dois olhos e ainda assim não viu o risco iminente que significava a possibilidade da reeleição indefinida nem a proximidade dos dois sujeitos de moto que te apontaram duas armas pedindo as chaves a carteira o telefone vai vai vai seu arrombado. Você entregou tudo sem protestar e ainda assim, maldito chavista, te explodiram um olho querendo te explodir a vida.

Foram eles, dona Gladys e seus filhos, todos do Conselho Comunitário, que deduziram que havia sido um atentado. Você tinha ficado até tarde na sede do comitê de campanha, eles ficaram com você até a meia-noite, quando a mulher de um deles apareceu com cara de bunda e duas crianças nas ancas perguntando se ele tinha se esquecido de que tinha família. Ela não era como Nina, que ficava em casa cuidando de Elisa enquanto você cuidava de outros futuros. Nina, pelo menos naquela época, parecia entender o seu compromisso, que era o mesmo que o dela, embora cada um o executasse de formas diferentes, e jamais diria algo assim. Você devia ter ido embora naquele momento, te disseram mil vezes que era melhor sempre sair acompanhado. Mas as suas revoluções tinham que ter mártires.

Você, eles, o revólver, a bala. A física de cinco corpos em movimento. As condições climáticas daquela noite maracaibeira. A história de vida da mão de um criminoso. O currículo do seu rosto. A geometria do assassinato operando um desvio exato da trajetória fatal. Oito milímetros a mais e você não sobrevivia para contar. Você acordou transformado num herói e gostou, embora só tivesse um olho para ver a sua vitória. Você estava vivo, pensante, falante. Um caso excepcional que, inclusive para os muitos comunistas revelados crentes por seu percalço, era evidência de que aquela não era a sua hora. Você perdeu as eleições e perdeu a si mesmo, mas o sim venceu.

Você não quis dar entrevistas para a mídia, e seu depoimento para a polícia foi tão precário quanto a sua lembrança e o seu suposto heroísmo. Você sabia que aquilo podia ter sido um atentado, assim como podia ter sido um crime menos pretensioso. Você tentou plantar a dúvida, dizer que talvez os seus agressores fossem uns criminosos da oposição, e não necessariamente uma oposição criminosa, mas a versão já tinha sido fechada, o tapa-olho no seu rosto era insígnia e a sua estatura política elevadíssima. Maldito chavista. Esse insulto era o único respaldo da versão que a essa altura já era oficial, um relato que era tímido dentro de você, mas que você deixou crescer a ponto de estar convencido de sua veracidade na maior parte do tempo. Havia dois Camilos possíveis, e você deixou que ganhasse o herói, como achou que qualquer um faria.

Você não sentia que fosse assim tão importante para sofrer um atentado, mas só você podia dizer isso, só você e sempre contando com que alguém te responderia que não existia a menor dúvida de que tinha sido um crime político. Por isso, naquela noite, quando Nina, depois de ter usado cada centímetro do seu corpo mártir e de ter suado, beijado e babado o seu tapa-olho e de ter gozado orgasmos cheios de fetiches piratas e combatentes, te disse que, na verdade, verdade mesmo, você não era tão importante a ponto de sofrer um atentado, a Miraflores particular que você tinha erigido na sua cabeça se tornou nada, e com o seu único olho você viu uma nuvem de poeira de estrelas mortas.

Você podia contar com Nina para tudo, menos para condescendências e batidinhas nas costas quando você fazia merda.

Quando você a conheceu, não imaginou que ela fosse essa força toda, essa real capacidade ofuscada pela sua soberba e falta de tato. Ela, por sua vez, fez a sua radiografia de imediato e sempre intuiu as carências que você escondia por trás do seu entusiasmo apriorístico, sabia que sua obsessão por unanimidade era medo de fraturar uma liderança que você já pressentia fraca. Só não sabia que aquilo de "*Dentro de la revolución, todo; fuera de la revolución, nada*" se aplicava também ao regime interno do relacionamento. Você quis ser mandatário onde não deveria haver líderes. Nina gostava de questionar e os questionamentos não cabiam nas ficções sobre as quais você fundou o seu poderio. Duvidar do seu atentado, ainda que só o fizesse na intimidade, era a antessala da dissidência.

O que foi, agora não dá para falar nisso?, te perguntou Nina quando você a olhou com o seu olhar ofendido e, enquanto você procurava respostas raivosas, teu pau, que segundos antes estava pronto para uma nova fantasia guerrilheira, se encolheu de vergonha. É que o seu corpo sempre foi mais sincero do que você, Camilo. Seu corpo se permitia sentir e somatizar o que você não conseguia contar nem para você mesmo, ficava gripado quando você acumulava funções e pressões, te fazia vomitar quanto você se emocionava demais, enfebrecia quando a sua diplomacia amordaçava as suas raivas. Dava para contar a história da Revolução Bolivariana através dos seus quebrantos, e a bala, fosse atentado ou não, talvez tenha sido o clímax. O seu e o da revolução. Depois de 2009, parece que só dá para contar desacertos. Te disseram "maldito chavista" e devastaram muito mais do que apenas o seu olhar. À sinceridade do seu corpo logo se juntou uma mente que não estava mais disposta a fazer a sua vontade. Onde não tinha olho, você passou a sentir que tinha um novo órgão destinado exclusivamente a te fazer voar em pedaços a qualquer momento.

Naquela noite, apesar da insistência rude de Nina em fazer as pazes, você foi dormir no quarto de Elisa. Sentado na poltrona onde ela havia ninado a menina pouco tempo antes, você olhava para aquela criaturinha que ainda não tinha completado quatro anos e já era tão cheia de personalidade, e era tanto o medo de estragá-la que você queria sair correndo para sempre do jeito que estava, de cueca, descalço, sedento. Só queria que Elisa puxasse à Nina, melhor que fosse soberba e teimosa como a mãe a ser covarde que nem você.

Sua menina tinha uma fixação com tirar o tapa-olho e rever o que tinha sobrado. Se perguntava por que você o usava também dentro de casa. Queria te ver sem máscaras, porque para ela você era bonito assim também. Era apenas um pedacinho de gente e já não gostava de que você se escondesse. Às vezes parecia que a clarividente era ela, e não Graciela.

Elisa não tinha nada contra o tapa-olho em si; na realidade, ele lhe dava um ar teatral muito útil para entretê-la — Nina tinha versões adultas e infantis das mesmas fantasias, os novos detalhes que a historinha ganhava com Elisa tornavam-se peripécias e explorações deliciosas na cama, e vice-versa. Também não tinha nada contra o que tinha restado. Essa vergonha é toda sua. E o que tinha sobrado, de fato? A falta. Em alguns momentos, você sentia se reduzir à falta. A órbita sem olho era um quarto de cacarecos sem porta. Suas misérias expostas para o mundo. Bastava se aproximar para que suas cicatrizes contassem tudo.

Desde que a sua mãe te deu ele de presente, seu tapa-olho de pirata te vestia a vergonha e te acalmava por momentos. Era óbvio que seria ela quem o daria, ela gostaria de pôr vários tapumes em sua vida, os maiores deles dedicados a Nina e ao seu esquerdismo vira-lata que ninguém na sua família entendia de onde tinha saído. Você prefere o tapa-olho à cicatriz nua, embora às vezes ele se vire contra você e pareça uma piada de mau gosto. Você é esse herói pirata, com ou sem atentado, maldito chavista, falsificado ou real, que do espelho ri de você e te lembra que você é tão patético que desfila pela vida com uma fantasia que, em vez de te ocultar, diz a verdade que só você sabe.

As dores lancinantes duraram quase um ano, e as enxaquecas te atacavam várias vezes por mês, mas você tinha se dado bem, muito bem, se comparado com o que poderia ter acontecido sem aqueles oito milímetros providenciais. Poderia haver sequelas, disseram os médicos, mas você não tinha entendido a imensidão dos territórios pelos quais essa possibilidade poderia se alastrar. Os tecidos cicatrizavam, se acostumavam ao novo desenho, enquanto você se desacostumava de você mesmo. Sua recuperação tinha sido exemplar, você é um touro, dizia o neurologista. E você ficava puto. Você teria se dado bem na guerrilha, dizia Nina, brincando. E você ficava puto. Meu pai é como *Wolverine*, que se regenera. E você ficava puto. O camarada Camilo é um exemplo a seguir. E você ficava puto sem entender por quê. Você era um pedaço de touro fodido da cabeça, que não sabia dar nome a esse desalento crônico e não queria que ninguém o olhasse de perto.

Por isso era mais fácil estar na sede do partido, no seu escritório na prefeitura, na sala comunitária de um bairro e na escola de outro e na praça de mais um, em intermináveis reuniões de planejamento e estratégia, nas quais coisas se organizavam em planilhas inequívocas e pessoas se tornavam letras e números, era mais fácil isso do que estar com Nina e Elisa, pessoas de carne, osso e afetos, cujas estratégias de proximidade te incomodavam cada vez mais sem que você entendesse por quê.

Nina, você bem sabia, não era o poço de paciência que uma situação volátil como a sua carecia. Ela até tentou, tentou durante meses, mas de que você tá rindo, hein? Tô cansado dessa sua risadinha filha da puta, tá achando graça de quê? Vai lá rir da puta que te pariu, maldita, maldita; maldita era o seu insulto favorito dos últimos tempos, como se ao dizê-lo você atirasse nela, maldita chavista, e, se você se tornou volátil após o tiro, Nina o tinha sido desde sempre. Não havia sido pouca a paciência dela até aquela noite em que a resposta à sua grosseria infundada não foi apenas a batida de porta de sempre, com Elisa e mochila no ombro, mas três bofetões furiosos que desencadearam a enxaqueca mais desgraçada de que você consegue se lembrar.

Não existe bala que não deixe sequelas nem naratriptana que resolva a culpa. Tudo tinha mudado em você, disso não havia dúvida, mas você se perguntava se a sequela tinha substituído o homem que você era antes ou se apenas tinha removido os filtros que antes te apresentavam ao mundo como um bom pai, um marido decente, um trabalhador dedicado, e agora restava só você, peso líquido, tosco, cru.

Será que Elisa se lembra daquela noite? Foi pouco tempo depois do aniversário do tiro e três dias antes do aniversário dela. As personagens de *Up* estavam em todo canto da sala para o qual se olhasse. Você tinha que se espremer entre o gordinho escoteiro irritante, o velho e a pássara louca que se multiplicavam na *piñata*, nos enfeites, nos balões, nas serpentinas. Elisa estava obcecada com o filme, e você sentia que, se tivesse que assisti-lo mais uma vez, ia estraçalhar a televisão. Sentado em meio a todo aquele colorido, você chorou como um bebê. A imagem de Elisa fazendo birra, querendo levar as coisas da festa consigo e Nina dizendo que era para ela esquecer da festa, que não importava a porra da festa, que depois veriam o que fazer, doía em você e doía naquele outro não tão outro de quem saíam violências tão inusitadas, esse homem quase estranho dentro de quem não cabia mais uma gota de raiva.

Você não queria ser o fim de uma festa que nem tinha começado. Não eram elas que deviam mendigar mais uma vez um colchãozinho em casas de amigos — jamais na casa da família, para evitar intromissões e te salvar da ira de Raúl, que, quando o assunto era defender sua cria, se tornava tão violento e intransigente quanto era paciente no restante do tempo. Talvez tenha sido o sentimento de estar indefeso ou o desejo por silêncio, mas você acabou indo para aquele norte que tanta coriza moral te dava, o norte de Maracaibo, onde permanecia, monumental, a casa dos seus pais. Àquela hora você não esperava encontrar nem sequer a dona Ramona, que trabalhava todos os dias mesmo que não houvesse ninguém a quem servir, mas seu irmão te recebeu. A distância entre vocês foi oportuna como nunca; você não teve que dar explicações porque não houve perguntas. Houve um meio sorriso e a informação de que ele estava na casa, em Maracaibo, na Venezuela, apenas de passagem, e de que na geladeira tinha cerveja e comida chinesa.

Você ficou com medo de ligar para Nina, então mandou uma mensagem para Graciela pedindo que por favor dissesse para Nina que era para ela voltar para a casa dos pais, que você tinha ido embora. Você desligou o telefone e bebeu e chorou sozinho, no seu quarto de adolescente, até que o dia chegou e, com ele, a dona Ramona, que bateu à sua porta e, como se você não tivesse prometido nunca mais voltar àquela casa inimiga, como se não houvesse em seu rosto uma ausência gritante, como se você não fosse um absoluto contrassenso choroso e bêbado, perguntou se você queria ovos fritos ou mexidos para o café da manhã.

PARTE II

INALA. UM, DOIS, TRÊS, QUATRO. Segura. Um, dois, três, quatro, cinco, seis. Exala. Maldita a hora em que quis virar justiceira. Inala. Um, dois, três, quatro. Segura. Um, dois, três, quatro, cinco, seis. Exala. Maldita essa e todas as horas anteriores que levaram a Nina a achar que as pessoas nascem boas e que as intenções revolucionárias são suficientes para calar a chama egoísta que temos dentro de nós e nos conduz por onde ela quiser e engole nossas pobres, pequenas e sempre bocudas intenções revolucionárias. Um, dois, três, quatro. Segura, segura, segura até que o rosto exploda e os pulmões colapsem, porque é melhor morrer de uma parada respiratória elegante do que de vergonha, um, dois e Nina solta de golpe todo o ar, porque não existe suicídio tão limpo no mundo, nem se for feito em um lugar asséptico e inviável como é uma sala de meditação em um prédio ultramoderno de uma universidade particular ultramoderna, cujas cadeiras devem custar dez vezes o salário de vinte dólares de um professor universitário na Venezuela, melhor meditar bem, meditar bonito, agradecer pelas almofadas e o incenso que, mesmo sem ser para ela, seriam usados por ela porque não havia motivos para dormir em praças ou abrigos ou embaixo de viadutos abarrotados, sempre sob ameaça de uma abordagem policial, quando havia uma universidade tão acolhedora como aquela, que oferecia cursos gratuitos de português para estrangeiros e que tinha tantos sofás, internet de graça, segurança, higiene e silêncio; uma sedução que tinha se desdobrado ante ela quando saiu da primeira aula com Sandra, onde aprendeu expressões básicas como "bem-vinda", "muito prazer" e "precisa de ajuda?", e sim, claro que sim.

Ficou em dúvida entre a Escola de Engenharia e a Escola de Humanidades, mas a segunda venceu por muito, não apenas por ser onde aconteciam as aulas de português, mas porque descobriu que, no segundo andar, tinha uma salinha perfeita para ler ou estudar ou acampar durante uma semana, um espaço sem computadores nem livros, apenas uns sofás que juntinhos davam uma boa cama e duas mesas nas quais ela poderia estender suas calcinhas e deixá-las secando embaixo do ventilador de teto durante a noite, depois de lavá-las no banheiro que ficava logo ao lado de seu novo lar. A sala tinha uma porta sempre fechada que dava para um minidepósito onde guardavam cadeiras extras para momentos em que as atividades organizadas ali exigissem e onde Nina poderia guardar sua mochila chamuscada para não andar pelos corredores com aquele peso nas costas, o que seria mais ou menos como carregar um letreiro em neon piscando "intrusa" ou leds cegantes com imagens que contariam à comunidade universitária sobre sua trajetória de indigência, e então ela teria que responder perguntas e aturar a lástima e as ofertas de ajuda, que bem poderia aceitar, mas, para chegar a elas, era preciso estar disposta a ser chamada de coitadinha e deixar que fizessem doações e a chamassem para a rádio e os jornais e a TV, onde ela teria que resmungar sua história para que alguma compatriota que falasse português melhor do que ela a traduzisse ao vivo e então haveria uma onda de comiseração que poderia talvez resultar em algum trabalho, e o que ela mais queria era um trabalho, mas, para isso, era preciso aturar a lástima e articular porfavores, e ela, quanto mais precisava, menos dizia, e se de alguma coisa ela estava cansada naqueles dias era de ser alvo de caridades.

O primeiro passo tinha sido entender os horários dos vigias e memorizar onde estavam as câmeras de segurança. Mamão com açúcar. Puxou conversa com um vigia que lhe pareceu simpático e suficientemente distante da Escola de Humanidades para não levantar suspeitas, e não demorou muito para saber quais lugares permaneciam abertos e quais se esvaziavam no campus em quais horários e onde poderiam tomar um café um dia desses quando ele estivesse de folga e assim constatar que não importava o lugar nem a hora nem quantos cursos ela fizesse nem em quantos projetos tivesse vencido ou fracassado e não importava nem sequer saber ou não elaborar uma frase coerente em um idioma comum, ela continuava recorrendo ao sorriso e ao rebolado de quadris para resolver tudo, e lá ia ela de novo perder uns centímetros de dignidade. Ficou sabendo então que naquela quarta-feira, como em cada um dos dias de aquecimento de motores para o começo do semestre, lá pelas oito da noite, os vigias fariam uma última ronda, conferindo os espaços com mais sono do que vontade e, assim que confirmassem a desolação bonita que são as salas de aula e os escritórios de noite, fechariam as grades e poriam a invasão dela sob correntes e cadeados. As câmeras de segurança estavam na entrada do prédio, em vários pontos do corredor central, nos elevadores e nas escadas, mas, uma vez que se entrava nos corredores, aquele era um território onde a espionagem institucional não era mais executada por câmeras e vigias, mas pelo suspeitosamente embelezado Marcelino Champagnat, padre fundador dos Maristas, que, de mais quadros do que o necessário e com um sorrisinho de aprovação, parecia querer sair das pinturas, não para julgar ninguém, mas para se juntar à folia.

Quando deu sete e cinquenta, Nina apagou as luzes da salinha, fechou a porta com chave por dentro e sentou no chão, encolhida e escorada em um canto, fora da visão de quem se assomasse pela janelinha manicomial que todas as portas escolares do mundo pareciam ter e através da qual o vigia deu uma olhadinha rápida, uma olhadinha desinteressada ao quarto onde pela primeira vez em meses ela teria um sono individual, sem o desassossego da intempérie do acampamento e da sua barraca, fingindo que a protegia de tantos e tão variados predadores e sem a sensação de vitrine de tristezas que tinha no quarto coletivo do hostel, onde sempre dormiu com apenas um olho, porque o outro precisava rastrear ameaças. A sós e a salvo, dormiu e se descobriu em uma cabine do teleférico do Cerro El Ávila com um bebê nos braços, uma Elisa de uns seis meses. Só percebeu que seu carrinho não se mexia quando viu passarem, na viga do lado, Graciela e Raúl, em sentido contrário, descendo o morro, com montes de flores que poderiam ter comprado em Galipán, perto do Ávila, mas que estavam arrumadas como coroas fúnebres. Ela gritou, tentou chamá-los, mas percebeu que, em vez de língua, tinha um buraco onde as palavras se acumulavam e lhe faziam doer a garganta como uma amigdalite violenta. Estamos sozinhas, Nina escutou, e se negou a acreditar que isso tinha sido dito pela bebê. Ficou olhando para ela, olhando e esperando comprovar se aquela voz adulta e familiar tinha saído da criança, e não foi a boca minúscula de Elisa o que se mexeu, mas seus olhos, como os de cavalo, brilhosos em meio à noite repentina que as cobriu, duas ameixas pretas que repetiram estamos sozinhas segundos antes de a viga do teleférico se arrebentar e o carrinho voar, alheio à gravidade, até o vazio do céu, em vez de cair morro abaixo, onde Caracas era um excesso. Estamos sozinhas.

Ele tem cheiro de pão doce com sabonete para bebês. É um cara agradável, disso ela sabe, ela se lembra. O fato de ele usar bermuda numa cidade onde os homens parecem ter medo de mostrar as pernas lhe transmite confiança. Sim, deve continuar sendo um cara agradável e sincero, pelo menos consigo mesmo. Elisa busca seu corpo de agora no corpo do homem que é seu pai, um conhecido de cuja geografia ela parece, cada vez mais, uma xerox. Seus narizes e suas pernas são iguais. Também as sobrancelhas, mas as dele são um pouco mais grossas, ou talvez pareçam mais grossas por causa do tapa-olho, mas Elisa vai ter que confirmar isso depois, se é que vai ter um depois, porque, por enquanto, não se atreve a olhá-lo muito.

Elisa sente um calor seco nas bochechas e já imagina as manchas vermelhas que, como um mapa, devem estar lhe cobrindo o rosto, o pescoço e o peito. Uma condenação que herdou da mãe: a condição da transparência emocional. Sempre esquece de botar alguma roupa que a ajude a disfarçar, uma gola alta, uma camiseta de manga comprida. Com Camilo não deve funcionar o que funciona com outras pessoas, desculpas como uma possível intoxicação alimentar, excesso de frio ou de calor, reação alérgica. Ele deve saber, por sua história com Nina, que a única alergia que faz aparecer essas manchas é a alergia a sentir mais do que cabe no corpo e, por isso, as emoções tentam fugir, buscar espaço fora desse recipiente que de um segundo a outro torna-se insuficiente.

Os três estão na sala: Graciela, Camilo e ela. Ele no sofá grande e elas duas nos pequenos. Graciela trocou os porta-retratos de lugar e colocou na mesinha de centro a foto mais bonita de Nina. Fez café e até encontrou, Elisa não faz ideia onde, umas bolachinhas doces. A constatação de que sua avó tomou banho e ficou toda bonita a faz sentir uma pontinha de raiva misturada à tristeza de estar sendo traída, ainda que não saiba explicar em que consiste exatamente essa traição. Ela se pergunta se essa sensação é o que chamam de ciúmes, e o cheiro do perfume que Graciela não usava fazia um século vem lhe responder que sim, claro que sim. Sente ciúmes terríveis de que, nos outros dias, ela precise pegar no pé da avó para ela largar aquele lençol puído e fedorento e tome banho, mas hoje parece que alguém ativou nela algum circuito que Elisa já dava por perdido.

Como é que Graciela pode adorar tanto Camilo, sendo que a Nina, que é quem realmente o conhece, não lhe restou carinho nem para um elogio que fosse. Claro que sua mãe podia saber de coisas que sua avó não sabia, mas também era verdade que o tipo de coisas que Nina dizia sobre Camilo era o tipo de coisas que ela estava pensando sobre sua avó naquele momento. Talvez boa parte da paternidade ruim de Camilo tenha sido criada, na verdade, pelos ciúmes da Nina. Agora que ela perdeu Nina, quer pensar que essa é uma possibilidade. Pensar que o homem que está na sua frente merece ser bem recebido. E que Nina levou consigo um monte de mentiras.

Graciela não para de falar um segundo, de perguntar a Camilo por gente que Elisa não conhece e com quem Camilo não parece se importar. Ele responde com gentileza ao interrogatório sem sentido, e Elisa se pergunta como é que sua avó não percebe quão entediado ele está. Por acaso não vê como ele mexe o pé? Como destroça a cutícula do dedo mindinho? Até agora, roer as unhas é o único traço que faz de Camilo, Nina e Elisa uma verdadeira família. Trinta dedos em permanente cicatrização. Logo a gentileza se esgota. Camilo interrompe a tagarelice de Graciela e pede água, num plano evidente para ficar a sós com Elisa e suas pernas idênticas às suas. Um novo indício de vínculo, ela pensa.

Ele pergunta pela sua mãe. Nina é, ao mesmo tempo, um assunto proibido e o único que eles têm em comum. Elisa tem uma artilharia pesada na ponta da língua, pronta para destruir Nina. Mas as palavras lhe faltam de repente, como se pertencessem a outro idioma. Onde está Nina? Porto Alegre. E ela tá bem? Tá. Ela achou emprego? Achou. Oito sílabas são suficientes para sentir que, frente a Camilo, sua voz assume um sotaque alheio, uma entonação desajeitada. Falta-lhe uma língua paterna e ambos sabem disso.

Elisa se pergunta se ele está tão nervoso quanto ela ou se os escassos quatro anos que eles de fato viveram juntos, dos quais ela só lembra de imagens soltas e falhas, fazem com que ele se sinta confortável. Se isso basta para assumir que há entre eles uma intimidade dada, mistura de genética compartilhada e quarenta e oito meses de convívio em que, enquanto ela crescia a uma velocidade vertiginosa, ele se debatia entre o sonho de vê-la crescer e o sonho de seguir crescendo sem ela.

Continua divertido, seu pai. Ela sabe que com carro, casa e dinheiro no bolso é mais fácil ser divertido. Mas ele tem um quê, uma soltura, uma leveza da qual ela não sabe se lembra ou se apenas lembra de ter ouvido falar sobre ela. O carro cheira a perfume de mulher. Elisa prefere pensar que é da avó de que ela não se lembra; seu pai ainda não tem nem sequer contornos de pai, então melhor deixar novas identidades, como a de homem solteiro e à procura, para depois.

Camilo pergunta se ela quer escutar música e ela diz que sim, não porque queira escutar algo em particular, mas porque ainda precisa de tempo para que seus silêncios encontrem palavras possíveis. Ele pergunta se ela ainda gosta de Queen, e os olhinhos dela brilham com um sorriso gigante. Ela ama Queen. Freddy Mercury foi seu primeiro amor, ele deve lembrar disso. O segundo foi Che. Ambos por culpa de Nina e de Camilo, por ficarem enchendo a casa de fotos de gente estranha.

Quando a Elisa de cinco anos entendeu que nunca conheceria Freddy porque, para início de conversa, o homem tinha morrido uns quinze anos antes de ela nascer, e que se o Che estivesse vivo teria oitenta e três anos, seu mundo desabou, e Nina a salvou quando botou para tocar *Don't stop me now* e começou a correr e a dançar com ela pela casa toda. Essa música havia se tornado a trilha sonora das duas, uma espécie de amuleto contra os dias tristes. Agora, vendo Camilo cantar, ela intui que, antes de ser um assunto de mãe e filha, essa música foi algo entre amantes.

A cidade que ela percorre com Camilo não é a mesma de que se lembra. Faz muito tempo que os passeios escassearam. Em sua casa, se sai quando é preciso e, em geral, se vai até onde os pés as conseguem levar. Antes de ir embora, tinha dias em que Nina saía cedo, sem avisar, e voltava já quase de noite, cansada e irritada.

Quando Elisa perguntava onde ela tinha ido, Nina respondia "dando um jeito", uma frase em que cabiam bicos comerciais de um dia, animação de eventos, diárias de babá e faxinas. Desde que Graciela parou de ir para a universidade, só se aventura a sair uma vez por semana, sempre para ir ao cemitério e jamais permite que Elisa vá com ela.

Agora, ela vê o m-u-n-d-o através da janela do carro, com seu p-a-i do lado, e se pergunta que mundo é esse que ela parece estar recuperando tarde demais, descolorido e quebradiço, e pensa que com razão Nina estava tão desesperada por ir embora: enquanto Elisa estava a salvo, indo de casa para a escola e da escola para casa, sua mãe percorria aquele planeta estranho, absorvendo hostilidades que ardiam dentro, sempre dentro, para resguardá-la, até que um dia a pólvora explodiu nas suas mãos e na sua cabeça e Nina saiu correndo e a deixou lá, em pleno desastre.

Elisa canta *Cause I'm having a good time, I'm having a good time* em duo com Camilo e se pergunta que pai é esse que parece tão feliz de estar com ela e que, no entanto, renunciou quase por completo a essa alegria durante tanto tempo. Quem é esse pai cujo planeta é tão diferente do delas, um planeta-Maracaibo que, mesmo durante a crise, continua sendo rico.

Talvez seja rico justamente por conta da crise. Graciela falava tanto dos novos ricos que ela queria conhecer algum para ver se era contagiada por essa riqueza. A "boli-burguesia", os chamam, e Elisa acha essa palavra tão engraçada e comestível como aquilo de "Mortadela Intergaláctica", que é como a oposição chama Chávez, para debochar dos nomes e mais nomes que lhe deram após sua morte, tipo Comandante Supremo, Pai Revolucionário, Líder Planetário, Messias dos Esquecidos.

Nina e ela tiveram um ataque de riso quando ouviram isso pela primeira vez. O avô Raúl as encontrou no quarto, Nina chorando e Elisa mijada de tanta gargalhada, e ele, que não sabia dizer não para uma farra, se juntou a elas sem saber muito bem do que elas estavam rindo, e então foram três corpos amontoados na cama, entre espasmos, soluços e grunhidos naquela falta de respeito tão grave quanto catártica.

Onde estava Camilo naquele momento? Ele teria gargalhado junto ou teria se ofendido? Pensar no vô Raúl leva Elisa a um paralelo desnecessário, talvez injusto. Medir Camilo com essa régua a faz se sentir boba, como se estivesse abrindo em sua vida um capítulo que não valesse a pena. Mas ela sabe que sim, que alguma coisa em Camilo deve valer a pena, apesar de cada dia estar mais convencida de que seu pai é um boli-burguês e ela sente vontade de comer um hambúrguer com queijo duplo do El Gordo toda vez que lhe vem essa palavra à mente.

O passeio os leva até um café na Avenida 72, onde todo mundo parece conhecer Camilo. Uns o chamam de chefe, outros de patrão. Elisa pergunta se ele é o dono do lugar e Camilo diz que não mais, mas que durante anos foi um dos negócios de sua família. Uma garçonete chega na mesa com dois donuts, um mil-folhas e um pudim. Continuam sendo os melhores da casa, diz Camilo. Ela se entristece porque, apesar de gostar bastante de donuts, ela detesta mil-folhas e acha pudim uma sobremesa de gente velha. Ele deveria saber disso, mas não; ele conhece os gostos do consumidor, não os da sua filha.

Quando Camilo vê que Elisa nem olha para o pudim, ele, atrevidinho, pega uma colherada e a convence a experimentar. Ela resiste um pouco, mas acaba aceitando porque, Nossa Senhora, como é difícil dizer não para esse homem. Sempre dizem que ela é teimosa e pidona, mas tendo Nina de mãe e Camilo de pai não podiam esperar que ela fosse diferente, se os dois são uns joões-bobos. Mais difícil ainda é dizer que não gostou quando a verdade é que achou uma delícia e, se aquilo é um doce de velho, então ela deve ter crescido bastante nos últimos meses.

Enquanto ela devora o pudim, Camilo conta histórias escolhidas com cuidado de uma vida prévia a Elisa, claro. Ele fala de um tempo que morou em Punto Fijo, em Paraguaná, e do tanto que gosta de praia. Elisa diz que sempre achou Punto Fijo nome de personagem de filme de cowboys e ele ri, totalmente de acordo com ela, e ela, totalmente de acordo com ele, diz que seu sonho é ter uma casa na praia, e ele fica olhando para Elisa como quem tem vontade de dizer algo, mas não diz nada, e de novo Elisa sente vontade de que alguma música ocupe o silêncio que eles ainda não sabem ocupar com sinceridades.

O ALARME DO CELULAR tocou às sete como um sino grotesco capaz de acordar o campus inteiro. Nina tinha esquecido que aquela desgraça não respeitava falta de bateria nem de internet nem de nada e ressuscitava sempre que via a oportunidade de sabotar seu descanso e dar um toque de vigília a seus pesadelos. Barriga, cabeça, mãos, tudo doeu do susto e continuaria a doer durante várias horas, revirada do jeito que estava pela imagem que surgiu na tela assim que abriu o WhatsApp. Sua Elisa de olhos grandes e pretos que tantas vezes a comoveram até as lágrimas de apenas vê-los descobrindo o mundo, a Elisa que quase nunca respondia suas mensagens e se recusava a pegar o telefone quando ela fazia as ligações mais caras do mundo para Venezuela, essa mesma Elisa que seguia sendo sua, ainda que tivesse declarado independência, sorria, abraçadíssima com Camilo. Era uma foto em casa, provavelmente tirada pela própria Graciela, para quem ela enviou um você pode me dizer o que o merda do Camilo tá fazendo na nossa casa?, e a mensagem, teimosa, prevendo arrependimentos, não quis ser lida. Com certeza tinha faltado sinal, ou luz, ou créditos. Quantas eras tinham se passado no último instante? Quantas novas fronteiras estavam se criando? Se sete miseráveis meses tinham sido capazes de desestabilizar nesse nível o mais sagrado dos acordos tácitos entre sua mãe e ela, que compartilhavam décadas de intimidade e companheirismo, o que iria sobrar de sua relação com Elisa, que era apenas um pedacinho de gente e já manejava com tanta destreza essas táticas revanchistas? Ver Elisa desafiando-a com a foto era ver a si mesma nessa idade. Ver a foto como resposta aos mil pedidos de carinho que ela fizera antes era ver a si mesma em qualquer idade. Outro bumerangue que voltava e se chocava contra sua boca.

Começou a escutar uma movimentação no corredor e olhou pela janela que, instantes atrás, lhe entregava uma paisagem vazia e agora, em um segundo, havia sido superpovoada. Ainda faltava bastante para as oito, mas a universidade parecia ter acordado num susto semelhante ao dela. Guardou a mochila no depósito, o mais escondida que conseguiu, mas deixou fora, claro, a bolsinha com coisas essenciais, como carteira, caderno e caneta, essas miudezas que todo estudante leva para a aula, junto com o kit *okupa** formado por escova e pasta de dentes, desodorante, toalha, sabonete e raiva daquele homem cara de pau, oportunista e tragicamente encantador que era Camilo, a quem ela tinha aprendido a dizer não só depois de batalhas que apenas ela conhecia; ai de você, Camilo, se continuar nessa, ai de você, Camilo, se eu abrir a boca, e ela estava ficando com muita vontade de abrir a boca, quando teve que pagar sete dos quarenta e dois reais que tinha para tomar o café mais vagabundo do campus e comer o doguinho com a melhor

* Pessoa que busca edifícios vazios para invadir e ocupar. (N.E.)

relação custo-carboidrato possível, e então sentiu saudades do café da manhã quentinho do hostel e começou a entender que, por mais importante que fosse a situação com Elisa, a crise imediata era outra e que inferno que sempre houvesse uma puta crise imediata para resolver, fazia tantos anos que sua vida era botar remendos inúteis em buracos que não paravam de crescer, tanto tempo postergando, pausando, esquecendo o importante por ter que resolver o urgente, fazia tanto tempo que ela já deveria estar esperando essa crise imediata chamada trinta e cinco reais na carteira e a certeza de que essa cifra não aumentaria até terça, quando fosse fazer faxina na casa de Horacio e Sandra, porque o outro cliente da semana tinha cancelado, teria cinco dias que, contados em refeições, eram quinze momentos de pedir socorro ou pedir perdão, você não é daqui, né? perguntou a caixa ao ouvir seu português incapaz de soar anasalado, da Venezuela? Bah, tá duro lá, Nina sorriu seu sorriso de elevador, pegou o doguinho, obrigada, e se afastou sentindo o olhar da mulher cravado na nuca, querendo censurar sua compaixão e lhe dizer para fazer o favor de não olhar para ela daquele jeito, que não a olhasse daquele jeito nem de nenhum outro, que esquecesse esse rosto e esse corpo, que se concentrasse em suas coisas importantes e não na emergência que pressentia nela.

Após duas horas e quinze tentativas frustradas de contato com tias, primos, amigos e vizinhos da Venezuela, Nina juntou forças para dar um Google no celular e descobriu a má notícia que espalhava esse novo silêncio, um apagão em todo o território nacional, com certeza causado pela confluência horrorosa de sua distância e a improvável ressureição de Camilo. Passou o dia vagando pelo campus, uma paisagem cheia de verdes e de flores e espreguiçadeiras e gente bonita, cuja beleza ela não desfrutaria por estar com o nariz enfiado no telefone, pulando entre o aplicativo de mensagens e o aplicativo de notícias. Umas vogais com cadência hispana a tiraram do transe, seriam colombianos, certeza, esses meninos com cara de bons estudantes de informática ou de química que riam boba e despreocupadamente por qualquer coisa, como ela sentia falta de rir assim, de ter doze anos e da avó a reprender porque estava rindo demais e dizer que seus dentes iam esfriar quando, na verdade, o que queria dizer era que uma mocinha séria não podia ir pela vida tão sorridente, porque podiam achar que ela era puta, e antes puta do que amargurada, então ela ria e ria, dentes à mostra rapidamente e com quem fosse, executando esse que era o gesto mais antigo, revolucionário e democrático do mundo, que funcionou também para se aproximar dos meninos e ganhar uma assessoria sobre como fazer render o dinheiro nesse campus tão lindo e tão caro.

Julio, Jesús e Antonio. Colombianos, os dois primeiros, e panamenho o terceiro. Não tão pobres quanto ela, economicamente falando, mas também não tinham muito dinheiro. Foi com eles que ficou sabendo da existência de um tal de Restaurante Universitário, onde não se podia comer por um custo simbólico, como na cantina da Universidad del Zulia, mas se comia muito melhor pelo mesmo valor que ela tinha pagado pelo café da manhã. Isso lhe garantia pelo menos uma boa refeição por dia até a próxima terça-feira, e se alegrar por isso lhe pareceu tão miserável que, *chao, muchachos, nos estamos viendo*, teve que fugir dali antes de dar um show de lágrimas e fungadas como os que dava Graciela toda vez que alguém mencionava Raúl, e ela detestava esse tipo de cena, parecia que sua mãe não se perdoava por não ter chorado no velório e agora queria demonstrar que sim, ela estava arrasada, que por favor desculpassem a atuação tão medíocre naquele que tinha sido o pior dia da vida dela, o pior, que ninguém duvidasse, mas para Nina tinha sido pior o histrionismo que veio depois e que a fez não só reviver a dor da perda do pai, mas sentir culpa por já não ter tanta vontade de chorar, como se Raúl contasse os mililitros para medir o tamanho da falta que ele fazia, esse conjuro de desamparo que só sabia crescer e sofrer mutações nas mais variadas formas desde que ela saíra de casa; às vezes ardia nos cantos da boca sem sorriso ou no meio das costas, tensa como relógio, e hoje era sangue escorrendo das suas cutículas arrancadas porque estava órfã de pai, de casa e de companhias leais, agora que Graciela deixava claro que Camilo, o desgraçado do Camilo, que ninguém parecia saber bem quem era, tinha entrada livre na vida de Elisa.

Ele veio ver a filha e quem sou eu para impedi-lo, é isso mesmo que eu vou dizer para a Nina. Estamos sem luz, sem água e acho que já não tem muito gás. São tantas faltas, Raúl, tanta coisa que vai embora, que temos que aproveitar quando algo chega. Desde o Carnaval, Camilo vem todos os dias, ainda que seja um momentinho. Ele diz que veio para Maracaibo para resolver umas questões familiares, heranças, transferências e enrolações dessas com que os ricos precisam se preocupar e a gente nem sabe direito o que são, mas amém por isso.

Ele sempre traz alguma coisa e salva o jantar. E nesses dias que Nina está se fazendo de louca e ainda não mandou o dinheiro, é ele que dá um jeito. Em dólares e tudo mais. A coitada da Elisa já nem devia mais se lembrar do gosto de um chocolate ou de uma Ruffles. Dia desses, ele trouxe pizza, e no sábado fez bonito com uns hambúrgueres do El Gordo. Sorridente e gentil como sempre. Nunca falou mal da Nina. Nunca reclamou. Sempre fez a vontade dela. Até que um dia não aguentou mais tanta coisa.

Se você me perguntar, eu acho que ele ainda gosta dela. E eu sei que ela também gosta dele. Gosta, mas sente raiva, ou sente raiva justamente porque gosta. Enquanto eu não souber quais são os pecados de Camilo, se é que ele os tem, não posso condená-lo. Eu conheço minha filha e você também a conhece. Muito riso e muita festa, mas é brava e teimosa que só ela.

Eu já não gostava disso de ela não deixar ele ver a menina; agora, ir embora e ainda assim pretender que eu me plante na frente dele com um não na boca, sem saber de onde vem esse não, aí sim Nina está pedindo demais. Não faz nem deixa ninguém fazer. Se Elisa quer ver o pai, que o veja. Ele fez e faz bastante falta e vai continuar fazendo, e a gente sabe bem que as meninas sem pai sempre acabam se envolvendo com os piores homens. Então Nina que reclame tudo o que quiser, mas somos Elisa e eu que estamos aqui. Quem está na chuva é para se molhar.

Você está vendo, Raúl, já temos mais de vinte e quatro horas sem luz e este animal insólito chamado Maracaibo parece que vai explodir a qualquer momento. Somos mais de dois milhões arranhando toneladas de lixo literal e metafórico nestas ruas onde as pessoas estão roubando até as sacolas plásticas para reutilizá-las. Se você não tivesse morrido antes, Raúl, certeza que morreria agora. De pura indignação. Tratam esta cidade como se fosse o cu do país.

Elisa diz que isso aqui vai longe, que a prima de Olga leu no Facebook que não tem eletricidade em lugar nenhum, que é melhor sair e pegar um ventinho porque o quarto já está ficando catinguento outra vez. Ela me pergunta por que não passei mais aquele perfume. Eu não sei para que tanta insistência. A gente passa perfume para momentos especiais, não para ficar parada, esperando que algo ou alguém venha, quando nem sequer você, Raúl, quer vir aqui. As pessoas querem que eu saia do quarto, mas para quê, se lá fora só tem mosquitos e medo e gente enxerida? Olga quer me levar passear, mas para onde, meu Deus?

Nancy e Marcos, os vizinhos, dizem que a crise não é para tanto, que o pobre Maduro está segurando uma barra muito pesada e que é agora que a gente precisa resistir, lutando contra a guerra econômica, perguntam se eu não me animo a voltar com eles para o Conselho Comunitário. Ela já se convenceu de que o apagão é culpa de hackers que conseguiram derrubar um sistema que é analógico. Um complô do loiro desbotado do Donald Trump. E é óbvio que aquele Guaidó também faz parte. É coisa de macumba, de babalaôs baderneiros. Ninguém pode dizer que não foi acidente, diz Marcos, e por um momento eu acho que ele vai dizer alguma sensatez, mas não, é claro que não. Pode ser que uma iguana tenha mordido um cabo de alta tensão. Ou que muita merda de passarinhos se acumulou nas instalações e fez com que sobreaquecessem, o planeta inteiro está fervendo, ou ninguém lembra de Al Gore? As pessoas não moderam, esse excesso de aparelhos de ar condicionado em Maracaibo é um absurdo. Nancy retoma a versão conspiratória, porque, para ela, Santos não fica para trás, os paramilitares também têm sua parte nisso. E os ex-chavistas apátridas também, esses vira-casaca. Toda essa história nasceu lá, Graciela, quando Bush se reuniu com Maria Corina, ela com seus joelhinhos burgueses, tão feia que está agora, feia e velha.

Você já viu semelhante contraponto de palhaçadas, Raúl? Eu vou para o quarto, Elisa, que estou com minha mãe e minha tia abandonadas lá, e os mortinhos, quando vêm, ficam bravos se a gente deixar eles sozinhos. Fecha a porta quando subir. Dá uma olhada na geladeira, e se tiver alguma coisa que for apodrecer, te vira, vê pra quem você pode dar. Eu não sei, Elisa, não tenho estômago para ficar aqui, não enche o meu saco, faz o favor.

Eu prefiro o quarto fedorento, Raúl, com esse cheiro que Elisa diz que é de suor, mas que nós dois sabemos que é cheiro de velho, porque esse é o meu cheiro agora. Estou cheirando a velha chorona, estou cheirando a decadência. Mas o meu limite é você, Raúl. Eu posso estar velha e empobrecida, e você pode estar morto, mas nem você nem eu estamos tão gagás assim para achar que a culpa desta merda toda é de um bando de andorinhas cagonas.

Quando eu fico assim, cega para tudo, infantil e burra, Elisa me olha de forma singular. Não é ódio, Elisa não é capaz dessa mesquinharia, é mais a tristeza de saber que ela está sozinha porque está comigo e eu já não estou. As pessoas dizem que Elisa é muito madura, e isso me incomoda, porque eu sei que o que eles veem como maturidade é mera sobrevivência. Eu sei disso, em parte, porque a tia Susana, desde a primeira visita, fica me dizendo isso. Coitada, ela está preocupada com a menina. E tem razão. Eu sei que Elisa não faz exigências, não reclama, não briga comigo, não porque não queira, mas porque está se acostumando com as migalhas que lhe dou como se fosse apenas isso que ela merecesse.

A última birra foi quando a mãe ainda estava aqui. Quando abri o jogo, após meses planejando a viagem das três, e lhes disse que eu não poderia ir embora da minha casa. Quando Nina reclamou que, sem mim, ela teria que viajar sozinha, porque não teria quem cuidasse da Elisa enquanto ela trabalhava as muitas horas por dia que ela teria que trabalhar. Quando anunciou que mesmo assim ela ia embora e que ia se matar trabalhando dia e noite para poder nos levar para lá assim que as coisas começassem a dar certo. Elisa gastou sua última birra lembrando sua mãe que, para nós, as coisas nunca davam certo, porque ela, Nina, tinha o talento ou o poder ou a mania de estragá-las de antemão.

Elisa me olha muito. Me olha esperando o que eu não posso dar para ela. Respostas. Por que eu não quis ir embora, se odeio tanto estar aqui. Por que joguei pelo ar o plano de irmos juntas, Nina, ela e eu, dar o sangue trabalhando, certamente, mas dar o sangue juntas. Por que pisotear uma promessa, um horizonte, uma fresta, em nome destas mortes cotidianas. É por isso que eu fujo dela, porque sei que lhe devo explicações, lhe devo vida, lhe devo tempo.

Já são dois dias sem luz. Na quadra, ninguém tem bateria nos telefones. Somente o filho da Nancy, que sempre foi bem-conectado, rei dos conluios e das trapaças, e eu não quero dever nem uma gota d'água para esse sujeito. Tenho nojo dele desde antes, quando Raúl e eu não pulávamos sequer uma reunião de *Clase Media en Positivo*,* porque sempre deu para perceber as más intenções dele de longe.

A gente dessa cidade é uma coisa séria. O apagão virou uma espécie de festa na vizinhança. O velho do outro lado da rua, que nunca falou com ninguém, emprestou a churrasqueira e deu o carvão e agora todo mundo que tinha carne descongelando a trouxe para cá e se montou um baita churrasco. Olga fez uma salada e um pudim meio aguado, como fica tudo o que a gente faz com aquela coisa que é o que tem no mercado e que é tão ruim que até vergonha dá chamar de leite, por isso chamam de "bebida láctea", e de láctea só tem um restinho triste dissolvido em um monte de água com farinha ou qualquer coisa, mas a verdade é que, aguado ou do jeito que for, quase foi preciso ralar o pudim para que desse pra

* Movimento sociopolítico de ideologia chavista, que se transformou em partido político de breve existência. (N.E.)

todos, porque todo mundo queria. Nos últimos tempos, um pudim vale o mesmo que o salário de uma professora de ensino fundamental. Nancy, em um ato sem precedentes para ela, ofereceu sem custo algum os últimos engradados de cerveja que tinha para vender na sua lojinha. As crianças estão eufóricas, faz dois dias que estão brincando, correndo e azucrinando pelo bairro todo como se estivessem de férias. Alguma coisa está acontecendo, até os ladrões deram uma trégua. Os mais bem-humorados dizem que a vantagem de tanta gente ter ido embora é que até os delinquentes se foram, porque já não é negócio roubar aqui.

São quase dezenove horas, mas esta noite não tem mosquitos, porque deixamos o fogo acesso. Diz Elisa que, na rua de trás, as pessoas começaram a levar colchões para dormir fora das casas, onde não está tão fresco assim, mas pelo menos você não sente que vai morrer abafado. Na nossa quadra, ela foi a primeira a puxar o colchão e encorajar os outros. Sempre foi arteira e chata que nem Nina. Estamos em algo como uma festa de pijamas comunitária ou um acampamento de sobreviventes; a diferença está a um pessimismo de distância. Bom, boa noite, eu já estou me despedindo para ir para o quarto quando Elisa para na minha frente e me olha daquele jeito dela. Vó, não dá para você ficar? Por favor. E me olha daquele jeito pontiagudo, como só ela me olha. Então me amolece o coração, porque eu sei que lhe devo tempo. Minha mãe, no quarto, pode esperar, não vai acontecer nada se hoje ela não puder me contar de novo sobre o dia em que meu avô foi nomeado xerife de Potreritos e que foi minha avó que armou a equipe de trabalho e começou a dar ordens e tomar decisões. Que aproveite e faça carinho no meu irmão Augusto, para ver se finalmente fazem as pazes, se é que os defuntos podem pagar contas do aqui no além.

Pego a rede e a boto entre as colunas do portão, que vai dormir aberto, como se fosse Natal e estivéssemos festejando de casa em casa. Esta noite é um cartão-postal além-túmulo. Um tempo impossível de tão feio. Me balanço, e o som da corda roçando no gancho te convoca, Raúl. Você foi a última pessoa que usou a rede. Eu sempre fui mais de dormir na cama, vontade de ser do contra. Camuflado entre o cheiro de poeira e de guardado, seu cheiro permanece aqui, preso entre os fios. Como é que eu digo para a Elisa, Raúl, que eu não posso ir embora sem você, sem que você me autorize e me diga que vem junto.

Foi tudo muito rápido, e ele sempre teve medo da velocidade. A pressão, como um chute de taekwondo no peito, o olhar tomado por uma tela preta com figuras dançantes em cores fosforescentes. Nunca pensou que os segundos que antecediam a morte pudessem ser tão parecidos com uma vinheta de TV dos anos oitenta.

Ele achava que morrer era tornar-se ruína, e que as ruínas eram coisa quieta, suspensão de vida, pausa no tempo. Por isso a morte lhe foi tão caótica, nenhuma militância o tinha preparado para tanta atividade e rebeldia. Ninguém tinha lhe informado como devia proceder na sua sobrevida — era uma provocação chamá-la assim? —, ela não vinha com manual de instruções.

Tudo o que ele tinha era aquele moleque, Vicente, que tinha mais medo dos vivos do que dos mortos, com quem conversava desde sempre, e por isso dormia no cemitério, onde os defuntos tinham casinhas mais confortáveis que muitos vivos. Foi Vicente que lhe deu a sacudida: quase três anos morto, segundo informava a lápide, e ele ainda daquele jeito, vagaroso, enquanto Vicente e Graciela e todos os vivos que tinham mais de um par de olhos sabiam que a morte, dependendo de quem tivesse sido em vida o defunto, podia ser uma festa de rua, com tudo de bom e de ruim que isso implica; mas se alguém gostava de uma festança esse alguém era o professor Raúl.

O encontro com Nina tinha sido fugaz e doloroso, porém esclarecedor. Estiveram juntos poucos segundos, todo seu corpo sendo abraçado pela mão de Nina, o punho aferrado ao amuleto que pendia de sua corrente. Ele achou que tinha sido ela. Ela achou que tinha sido ele. Foi ele e foi ela. Uma ponte de sonho operada pela coincidência na necessidade mútua. Uns segundos apenas e ele foi puxado de volta ao meio da bruma.

Seguia confuso, com a alma nauseada de não poder intervir nos incêndios que aconteciam do outro lado e que se atreviam a tocar em Nina, mas ainda assim doendo-se por ser o mais estrangeiro dos estrangeiros, ficou dentro dele uma vontade tão imensa de construir a ponte possível e tanto ímpeto de voltar e entender o que estava acontecendo, que quis interrogar quem quer que estivesse ao seu alcance, preso na bruma que o rodeava ou caminhando no cemitério ou perdido nas trilhas do meio entre uma coisa e outra.

Abriu os olhos no emaranhado, tentando descobrir, entre o povaréu vaporoso que o circundava, um rosto identificável. Foi assim que descobriu que a aglomeração era questão de perspectiva. Bastava entrar na bruma sem medo e com vontade de conversar para que ela começasse a se dissipar, deixasse de ser vapor de amônio e se tornasse atmosfera respirável, uma vez que, ainda que nem a toxicidade nem a saúde do ar importassem para quem já estava morto, as noções de conforto e prazer permaneciam intactas.

— Bom dia, bom dia.

Ao contrário do que ele acreditou nos primeiros momentos do outro lado, não lhe haviam roubado o tempo; tinham-no multiplicado infinitamente. A mesma coisa acontecia com o espaço. Bastava entrar na bruma assoviando e abanando os braços, lançando cumprimentos ao ar, para que a nuvem fosse varrida e o espaço, antes minúsculo, restringido à opressão do seu túmulo, alcançasse as proporções e a aparência do lugar mais feliz que ele havia conhecido em vida: sua escola primária, uma escolinha pública em Rubio, em Táchira, na qual estudou durante os anos que viveram em Los Andes. Em vida, ele tinha morado em muitas cidades depois disso, mas seus sonhos eram teimosos, confirmando a fama dos andinos, e tinham ficado morando lá, entre a escola, a casa e as plantações de café em que toda a família trabalhava.

— Meu filho, até que enfim.

O sorriso garoante de sua mãe se assomou pela porta de uma das salas de aula e o cheiro de férias alegrou seus pulmões. Sua vida inteira e toda a gente que a tinha habitado e que agora estava daquele lado coexistiam como se todas as personagens de todos os livros de todas as áreas da biblioteca chamada *A vida de Raúl Gutiérrez* estivessem por aí, andando entre o pátio, as salas de aula, a quadra, o refeitório. Nosso homem, apesar de socialista e ateu, credenciais que não sabia se continuavam regentes em sua nova realidade, chegou a pensar que aquilo era o céu, mas era apenas a memória, sua memória viva, disposta não só a seguir existindo, mas a se apoderar do futuro.

Estava botando o papo em dia com sua velhinha, que havia optado por passar a eternidade com a aparência dos seus quarenta e cinco anos, quando ela riu dele por ter tido tanto medo da bruma.

— Achei que você seria menos medroso.

— Todo mau é medroso, mãe.

— Se você é mau, o que sobra para os outros?

— A senhora sabe que as multidões sempre me deram aflição.

— Sei. A menos que fosse a *marea roja**.

— Tem alguém daquele povo por aqui?

— Se você tá querendo saber do Chávez, a gente não tem notícias.

— A senhora tem que fazer um tour comigo.

— Mas isso tudo é seu, menino. O guia aqui é você. Vai lá falar com a Graciela, é isso que você tem que fazer, que ela tá acabando com a paciência da mãe dela e com a de todos nós.

— Eu não posso.

— Ué, claro que pode. É a mesma coisa que você fez com Nina. Você precisa estar atento e com vontade de ouvir.

— É que tem muita gente falando ao mesmo tempo, mãe.

— Vai dizer agora que em vida era diferente, meu filho? Eu fiquei até surpresa de que desse lado fosse a mesma confusão, a mesma gritaria. Nunca imaginei que esse lado soasse como Maracaibo. Mas, filho, não vem me dizer que você não reconhece a voz da sua mulher.

— Na verdade, eu escuto ela. A voz dela é diferente. O resto está mais longe, como o barulho confuso da cidade. Ela não. Ela soa como se estivesse ao meu lado e falasse pertinho da minha orelha.

— Então, o que te impede?

— Ela própria.

É que eles são ruínas diferentes. Nosso homem tem medo de visitar o que foi obrigado a deixar para trás. A ruína que ele é tem se revelado monumento, não à história nem aos relógios, mas aos segundos que, como partículas de um deus, sobrevivem eternos nos ângulos

* Como eram chamadas as manifestações de esquerda em apoio a Hugo Chávez. (N.E.)

da vida que teve. Escondem-se entre os papéis inúteis, nas dobradiças das portas, e seu desejo de intimidade, nos bolsos que ainda ninguém verificou, na gaveta das meias, nas frestas da janela mal encaixada, nos furos que deixou nas paredes a decoração de Natal. A ruína da morte é matéria viva e impertinente e, ainda que sua intenção seja o consolo, atordoa os dias de Graciela. Ele sabe disso pela voz dela, cheia de entulhos, de matérias com que ele não sabia lidar em vida e que, em morte, lhe resultam um mistério ainda maior. A ruína da morte não obedece às datas de vigência e caducidade, dispensa os manuais de uso e ri das convenções patrimoniais.

Já a ruína da vida é terreno baldio, invasão bárbara, desabamento. É agressiva à vista e ao tato. Ninguém quer ser espectador de uma ruína humana, e Graciela está devastada, ela sabe disso e defende seu colapso. Está convencida de que, sem Raúl para ajudá-la a se reconstruir, ser ruína é seu destino.

— Mais uma razão, meu filho. Visita e dá uma boa sacudida nela, pra ver se ela acorda.

Ele, morto, é amuleto no pescoço de uma filha em trânsito migratório. Graciela, viva, é fuligem de uma casa desenganada. O país, promessa zumbi, é um colapso escorado com slogans de outras eras. A ruína, teimosa, ainda que o negue, sempre sabe o que ela é. Somos seus espectadores, as pessoas que, frente a ela, curvam as cabeças e respiram fundo, espantados por uma perda que não sabemos nomear. Somos os transeuntes da nostalgia, os artesãos da lástima, aqueles que se perguntam quando e por que algo — ou alguém — deixou de ser o que era para se tornar uma ruína.

Ela sabe que não devia ter mandado a foto para Nina. Foi um ato de pura maldade que não parece coisa dela. Agora queria se desculpar, mas isso significaria falar com ela, e essa é a última coisa que Elisa saberia fazer. A mulher que foi embora não pode ser a mesma que a criou. A mulher com quem ela cresceu era sua mãe, mas também era sua cúmplice e sua amiga, sempre foram as duas contra o mundo, e Nina havia traído o pacto sagrado.

Elisa se pergunta quem é essa Nina que passeia pelo sul do Brasil, que atende turistas e aprende outro idioma trabalhando num hostel, como se fosse uma jovem estudante descobrindo o mundo. As mães não fazem isso. Menos ainda a *sua* mãe. As mães podem ser tão aventureiras quanto queiram, mas não podem deixar seus filhos para trás e começar do zero. Ou podem, mas então também os filhos podem inventar para si uma outra vida sem pedir autorização. Não existe amor por controle remoto, muito menos obediência.

Sobre os pais, ela não sabe muito, não tem como. Sabe sobre avôs e vizinhos e professores, mas de pais, pais mesmo, sabe pouco.

Como teoria, decorou que Camilo é péssimo, que é covarde, que é egoísta. Mas não o conhece. Elisa sente raiva da ideia que ela sempre teve de Camilo, mas esse Camilo real, cujas carnes e cujos ossos logo irão buscá-la, é impossível detestá-lo, porque não se pode detestar cabalmente aquilo que não se conhece.

Do abandono de Camilo, ela tem uma memória construída não por momentos, mas por lacunas e, ainda que o vazio puro e o silêncio sejam eloquentes e saibam doer, ela precisa de palavras e de sons, de imagens de corpos em movimento, de textura e de cheiros. O abandono de Nina, por sua vez, está documentado segundo a segundo, e basta fechar os olhos para vê-lo projetado e doer-se e arder-se e enfurecer-se, presa ao patético fim de história. Neste momento, enquanto Camilo existe nela como o pai arrependido que voltou, Nina é a mãe que, sabendo dos estragos que crescer incompleta lhe causou, foi capaz de abandoná-la. Não devia ter mandado a foto para Nina, mas que bom que mandou.

A avó Graciela não sabe que a enviou, porque ela não sabe mais de nada. Depois da primeira noite em que aceitou dormir fora, alguma coisa aconteceu que ela não saiu mais do quarto. Nem sequer para receber Camilo. Não fosse pela dona Olga e pelo seu pai, Elisa e ela não estariam nem comendo. Na última vez que Elisa entrou no quarto, Graciela lhe disse que não se mexeria até que Raúl a visitasse e a perdoasse. Elisa está convencida de que, agora sim, sua avó está enlouquecendo e, se o mortinho do avô Raúl não aparecer, vai ter que pedir ajuda para tirá-la do quarto, mesmo que seja com um guincho.

Faz dois dias que estão sem luz e o clima de festa não existe mais. As pessoas estão ficando feias. Todo mundo está ainda mais irritado, como se isso fosse possível. De boca em boca, chegam notícias de supostos saqueios em mercados e comércios das redondezas, e Elisa e seu medo pouco estão se importando se as fontes são verídicas, porque muitas vezes o que um dia é uma fake news exagerada vira verdade algumas semanas mais tarde, talvez causada pelo empurrãozinho da primeira mentira. Na Venezuela dela, parece que toda notícia é ou será verdadeira, é apenas questão de tempo.

No silêncio quente e suado da falta de eletricidade, Elisa só escuta palavras grunhidas, batidas de portas e um looping de "Fora Maduro", "Nossa Senhora" e "Foda-se Chávez", em uma variedade de entonações e volumes que ela brinca de adivinhar a quais vizinhos pertencem.

Dona Olga a ajuda a limpar a geladeira e os armários para confirmar que não tem nada que possa estragar. Quantos dias será que duram cinco litros de água?, Elisa pergunta para dona Olga, e um "Maduro, vai tomar no cu" viaja da casa dos fundos e se ocupa de responder. Elas colocam o que sobrou em cima da mesa. Dois tomates e uma batata velha cheia de brotos; dois litros de bebida láctea, um aberto e outro fechado; uma manteiga monstruosa de quinhentas gramas que Graciela odeia e que comprou achando que era margarina; quatro bistecas de porco; três cebolas. A gente inventa alguma coisa, diz Olga, enquanto bota esse minúsculo tudo em uma sacola.

A vizinha já está indo em direção à porta quando entra Camilo com um cândido bom dia que não combina com o momento e chega a ser quase ofensivo em meio ao fedor de geladeira rançosa. Olga, a pessoa mais doce que Elisa conhece, olha para ela com cara de "você tá fazendo merda, menina", evita Camilo e sai, apressada e grosseira. É muito provável que ela esteja fazendo merda mesmo, pensa Elisa. Olga é a única vizinha que resta dos que podem ter conhecido o Camilo de antes. Olga é, também, uma das poucas que conhece Nina. Olga deve saber de algumas verdades, mas ela tem medo de perguntar. Não se preocupe, obrigada.

Quando Camilo a convida para dormir na casa dele até a eletricidade voltar, Elisa tem que fazer um grande esforço para não sair correndo gritando para os vizinhos que naquela noite ela vai dormir com ar-condicionado. No setor onde fica a casa da família de Camilo quase nunca falta luz, porque é o mesmo circuito do Comando Regional da Guarda Nacional. Camilo diz que, se ela quiser, pode convidar a avó também.

Elisa abre a porta e, na cama, o vulto continua respirando. Ela convence sua avó a sair com o argumento de que há uma goiabada esperando por ela na sala. Os doces são a criptonita da tristeza de Graciela. Elisa queria ter um depósito de guloseimas para dar à avó; é mais fácil lidar com a diabetes do que com o desânimo.

Dessa vez, Graciela nem troca a camisola. Ela cumprimenta Camilo com um lado do cabelo totalmente amassado e a marca do travesseiro na cara, e Elisa pensa que a qualquer momento vai ver estampadas na bochecha dela as florezinhas da fronha. Ela sente saudades da avó limpinha e perfumada que recebeu Camilo no primeiro dia. Mas a Graciela que restou depois que o vô Raúl foi embora é assim, uma gangorra na qual ninguém quer brincar.

A avó não quer deixar a casa, está aterrorizada com os boatos dos saqueios. Elisa entende que isso significa que ela também não vai poder ir, mas está errada. Graciela deixa que ela vá e até lhe oferece sua mala de rodinhas. Tem certeza?, Elisa pergunta. Sim, claro, pare de encher o saco. Às vezes, a maturidade de Elisa não é suficiente para entender que, por trás dos maus-tratos de sua avó, o que há é dor. Então sente vontade de não encher o saco nunca mais, de deixar de insistir para que coma ou tome banho ou dê pelo menos uma caminhadinha e ver o que acontece, até onde chega o desleixo.

Ela nunca fez uma mala sozinha, tem medo de esquecer de algo imprescindível. Não sabe o que é preciso levar quando se vai para a casa de um pai que, a essa altura, é um desconhecido. Será que precisa levar pasta de dentes? Sabonete? Toalha? Coloca tudo, como se estivesse indo acampar na montanha.

Quase se esquece do pequeno diário que Nina lhe deu de presente, da mesma coleção da caderneta de sua mãe. Ela adora quando a mãe a trata como se fosse sua irmã gêmea e compra-lhes coisas iguais, o mesmo tênis ou a mesma camiseta, mas de cores diferentes para cada uma. Quando ela vê o caderninho abandonado na gaveta, quase lhe pede desculpas. Ainda que estejam magoadas uma com a outra, aquele bloco de papel continua sendo seu tesouro, nele ela guarda de fotos e cartões-postais até a lista de palavras feias que ela e Raúl atualizavam o tempo todo, de um ou outro desabafo, o que justifica o cadeadinho que ela sempre coloca, e os números de telefone de suas pessoas incondicionais, entre os quais não está o de seu pai. Mais cinco oito quatro vinte e dois seis onze zero nove quatro quatro, o número do telefone de Nina em tinta roxa, com a letra toda apertada de sua mãe, bonita como se tivesse saído de uma forma. Um número que não precisaria estar aí, porque sua mãe, com sua coleção de paranoias, a tinha obrigado a decorá-lo como se fosse um mantra, por precaução.

A bênção, vó? E Graciela murmura um Deus te abençoe. O som das rodinhas contra o piso e o peso e a vibração da mão que arrasta a mala a fazem sentir-se mais velha, independente como uma semimulher em um aeroporto cosmopolita, chegando e partindo sem abandonar ninguém. Com a promessa de voltar no dia seguinte com água e comida, Elisa dorme, pela primeira vez na vida, sozinha fora de casa.

A casa de Camilo não se parece com nenhuma outra casa em que ela tenha estado antes. Começando por ter portão elétrico e alarme. É um bunker em uma vizinhança de bunkers onde os donos provavelmente não se conhecem; onde, de tarde, ninguém puxa cadeiras nem se reune em rodas de conversa e fofoca; ninguém repreende os filhos alheios como se fossem próprios nem improvisa campeonatos de dominó ou de pife aos finais de semana. De fato, a maioria são bunkers vazios, fortalezas que protegem vários nadas daqueles que já foram embora.

Elisa entra quase na ponta dos pés, como se dentro estivesse dormindo algo sagrado, como se, fazendo barulho, ela fosse de repente acabar com o encanto que era estar com seu pai, sendo salva da coisa horripilante que é uma cidade completamente às escuras, onde não se vê a miséria e por isso assusta mais.

Ela não sabe dizer se acha a casa bonita. O lugar parece caro, sim, mas não necessariamente bonito. Há dourado demais. Mármore demais. Cortinas demais. É a casa da família, onde Camilo e seus irmãos cresceram, mas as reformas lhe deram o ar impessoal e asséptico das revistas de decoração. De bolívar em bolívar, e agora de dólar em dólar, se encarregaram de restaurar o desgaste de ser um lugar muitas vezes tocado, de exterminar dos móveis as manchinhas de desastres alimentícios, de corrigir no piso os riscos deixados por imperícias de todas as idades. Numa névoa de desinfetante e aromatizante, a casa não tem cheiro de gente, nem de almoço em família, nem de bagunça na sala. A casa tem cheiro de hotel.

Camilo conduz Elisa até os quartos e vai contando as ausências: meus pais; minha irmã caçula, a fotógrafa; meu irmão, o músico; minha irmã, a advogada, que tem dois filhos. Segundo as contas dela, são seis quartos, todos suítes, mais o quarto da empregada, que Camilo nem mostra.

Faz quanto tempo que ninguém mora aqui?, ela pergunta, sabendo que a resposta vai dar abertura para várias conversas que eles precisam ter, se for verdade isso de que Camilo está disposto a começar a cumprir funções de pai. Ele a corrige, também não é que ninguém more aqui, a dona Ramona vem todo dia, é ela quem cuida da casa, volta e meia traz um monte de gente, ela jura que não sabemos e nós nos fazemos de besta, conta Camilo com um sorrisinho cúmplice que se desmonta quando chega a hora de falar de sua família.

Já faz quase oito anos que seus pais estão morando nos Estados Unidos, em Houston, junto com sua irmã e seus sobrinhos. Antes, ficaram um tempo no México e outro no Canadá. Os outros dois irmãos, os artistas, moram em Nova York. E tem mais de quinze anos que ele não mora na casa. Desde que brigaram, após o golpe de 2001 e da greve de 2002, que custou a seus pais os cargos na indústria petroleira nacional. Com certeza você já escutou Nina falar deles como "os demitidos do petróleo", diz Camilo.

Elisa nunca ouviu detalhes daquela gente. Nina, na maior parte do tempo, evitava falar de Camilo. Mas quando Elisa ficava difícil ou pedia coisas demais, ela não hesitava em lembrá-la de que, enquanto seu pai passeava de ministério em ministério, mais bem-conectado do que ninguém, quem se fodia era ela; de que Camilo continuava vivendo como se tivesse vinte e quatro anos, festejando em uma sexta-feira permanente, enquanto ela trabalhava até nos feriados; e de que, se Elisa estava tão infeliz morando com ela, podia procurar o pai e ir embora com ele. Óbvio que, se Elisa cogitava responder que sim, que então ia atrás de Camilo, toda a firmeza de Nina desabava e Elisa vinha encolhidinha de culpa se enrolar entre as pernas dela.

Elisa, eu quero que a gente se entenda, diz Camilo, com Nina ou sem ela. Como assim, com ou sem ela? Elisa não sabe o que Camilo espera que ela entenda dessas palavras, sente que está frente a dois botões tendo que escolher se aperta um ou outro, e ninguém lhe explicou ainda as regras do jogo, ninguém lhe disse se é possível escolher uma opção que, no momento, não parece uma opção, porque nem sequer está presente. Você quer que a gente se entenda? A pergunta entra em Elisa e coloniza todas as reações de seu corpo. Desta vez não há um mapa de manchas vermelhas desenhando-se em sua pele, porque toda ela é um calor avermelhado.

Sua mãe foi embora faz mais de oito meses, e dizem que agora ela tá ainda pior do que quando chegou. Elisa fica incomodada que Camilo tenha conhecimento de coisas que ela não sabe sobre Nina, é revoltante saber que existem pessoas que contam coisas para o seu pai que não contaram para ela. Quem é essa gente? Ela se sente em desvantagem no que for que estiver acontecendo, e a ideia de que sua mãe esteja mal a entristece, não só porque é sua mãe e a ama, mas porque ela não quer ter que sentir pena por ela ou culpa por tê-la tratado tão mal. Graciela não está em condições de cuidar de ninguém, Camilo segue falando, eu estou resolvendo as minhas coisas aqui e ninguém sabe, então você não pode falar nada, mas sábado que vem eu vou embora para Houston.

Então é isso. Muitos presentinhos e passeiozinhos para depois vir com essa. Nina tem razão, como sempre. Camilo não é confiável.

Ele é um final de semana na praia, não um dia a dia na cidade. Camilo não quer ser seu pai, nem saberia sê-lo. É melhor que volte a estar tão morto como Freddy Mercury, Che Guevara e Hugo Chávez, porque Camilo já disse tudo o que ela não queria ouvir, até que escuta: você tem passaporte?

Assinou sem problemas e sem levantar suspeitas a folha de presença do IV Colóquio Novas Literaturas Lusófonas, que estava muito bem servido no que diz respeito a convidados e público e também no que diz respeito a lanches e gentilezas, então não foi nada difícil fingir ser Gabriela Martins e entrar portando a sorte que era uma carteirinha de estudante sem foto, seu primeiro e único roubo na vida, um furto rápido que ocorreu sem muito planejamento quando a dona, como tantos outros estudantes faziam, exerceu o privilégio de dormir em um dos sofás gigantes que havia por toda parte no prédio central da universidade sem tomar o cuidado de segurar com força sua mochila ou prender-se a ela de tal forma que pudesse sentir o menor movimento, como Nina tinha feito a vida toda, porque em cada canto de sua história houve sempre mãozinhas ágeis ladras prontas para roubar o que fosse, e dessa vez as mãozinhas tinham sido as dela, e que beleza que de novo a universidade lhe oferecia caminhos tão amáveis, uma identificação bonita, plastificada como um cartão de crédito, que lhe permitia se chamar Gabriela Martins em vez de Catalina Gutiérrez e ser estudante de pós-graduação em Letras em vez de ser uma *okupa* imigrante vivendo nas frestas, nos revestimentos e atrás das estantes, fugindo das câmeras de segurança, dos curiosos e dos bedéis. Difícil era saber que não existia carteirinha nem salvo-conduto, autêntico ou falso, nem no Brasil nem na Terra inteira, que tirasse de Nina Gutiérrez o peso de todos os documentos que antes a representaram e que hoje compunham um baralho com o qual parecia impossível jogar sem quebrar alguma regra e, ainda que as quebrasse, as vitórias eram improváveis, porque as cartas estavam marcadas por um crupiê que brincava de ser deus e diabo e ser história e ser o que dizem os livros de história e ser inclusive os comos e os quandos e os ondes se leem as páginas dessa biblioteca nacional cada vez mais desolada. Não foi difícil e valeram a pena as duas horas que ficou ouvindo falarem de autores e livros que ela não conhecia em uma língua que ela também não conhecia mas que arriscava adivinhar, se distraiu desejando tornar-se uma leitora mais frequente em alguma vida futura na qual não tivesse que entrar de penetra em eventos acadêmicos para aproveitar o lanchinho do intervalo para comer bem, rapinando o mar de pães de queijo, tortas de limão e bolos de chocolate, brigadeiros, beijinhos, maravilhosas empanadas mutantes chamadas rissoles e um monte de pequenas variedades de pastel assado entre os quais as mãos de Nina se movimentavam gatuna e escorregadias, com uma facilidade que começava a deixá-la assustada, para juntar uma pilhagem que seria o jantar daquela noite e o café da manhã do dia seguinte e, sabendo racionar, talvez rendesse até pro almoço, mas ela jamais soube racionar, e agora saberia muito menos, com a ansiedade mordendo seus calcanhares por não ter uma miserável notícia de casa.

Já chegava outra noite e outro momento de querer rezar sem saber rezar e sentir falta da fé dos outros, alguma dessas tantas fés que andavam por aí jogando em algum deus a responsabilidade que eles mesmos não conseguiam assumir, qualquer uma dessas fés lhe viria bem agora que a fé em si mesma tinha ido embora batendo a porta, e então o pedacinho de *Padre Nuestro* que ela rezou funcionou porque, entre uma mordida e outra do rissole, entrou no seu telefone uma escandalosa videochamada que Nina teve que atender trancada no quartinho, às escuras e tremendo como um morcego. Quando o rosto de Elisa apareceu na tela, ela disse um *hola, mi amor*, nervoso, onde você tá, perguntou Elisa, e Nina inventou que estava no seu quarto, já dormindo, porque tinha que deitar cedo, e quando a menina perguntou por que ela não acendia a luz, inventou que seu quarto era na verdade um quarto coletivo e tinha outras pessoas dormindo, e quando sua filha perguntou se isso que estava ao fundo eram umas cadeiras empilhadas, inventou que seu quarto, que na verdade era um quarto coletivo, era também um quarto onde guardavam alguns móveis do hostel. E você, onde tá?, perguntou Nina, e intuiu que Elisa mentia quando lhe disse que estava na casa de uma nova vizinha, e quando lhe perguntou se a luz tinha voltado, intuiu que Elisa mentia ao dizer que a casa dessa nova vizinha ficava numa parte do bairro que tinha luz, e quando perguntou se isso que se via ao fundo não era a janela do quarto de Camilo, uma janela de correr de uma madeira escura polida e perfeita como só as casas de classe alta de Maracaibo tinham e que ela conhecia muito bem, de tantas vezes que se segurou àquele batente em meio às arremetidas gozosas de Camilo, quando perguntou isso, Elisa deixou a janela sem resposta e sem mentiras para perguntar, num tom que lhe ultrapassava a idade e o entendimento, quanto tempo faltava para poder ir para Porto Alegre ficar com ela, e então se fez um silêncio durante o qual ambas intuíram que diziam a verdade e essa verdade era que Nina não fazia a menor ideia, e Elisa, na outra ponta, não conseguiria ver suas lágrimas, que se perdiam entre a imagem pixelada e granulada na penumbra do depósito insone da universidade; na outra ponta, Elisa entenderia como indiferença o silêncio que ela fazia, agora que sentia os passos do vigia no corredor, e leria como irritação o susto no rosto da mãe quando o homem entrou na sala e acendeu a luz, buscando a fonte daquele toque de telefone, e, acuada, não havia como Nina se defender frente a Elisa, com suas versões da história e suas convicções prematuras como tudo nela. Elisa desligou a chamada e com ela toda luz, toda árvore e toda ponte para a circunstância arrasada chamada Nina, então o vigia saiu da sala e Nina teve uma trégua no medo de ser pega, ao mesmo tempo que era jogada em um mundo sem filha, no qual pouco importava ser ou não descoberta, um mundo em que do outro lado da ligação ninguém respondia, ninguém respondia, ninguém respondia.

Claro que Elisa tinha passaporte, claro que tinha o visto americano. Você bem que sabia, mas preferiu se fazer de louco. Foi você mesmo que tirou, em 2012. Não avisou que estava em Maracaibo — você nunca avisava, desse jeito não precisava inventar desculpas caso não estivesse com ânimo para lidar com Nina e seus milhões de poréns para que você visse Elisa. Você ligou quando já estava na frente da casa para confirmar que não ia dar de cara com Raúl ou Graciela, porque você não tinha colhões para enfrentá-los. Você apareceu, depois de três anos de intermitências, com pizzas e presentes, e seu convite para ficar, nas próximas férias, por um mês nos Estados Unidos, visitando a Disney e seus parques temáticos, terminando com uma visita aos avós em Houston, para que eles conhecessem a neta e revissem Nina, para ver se o tempo já tinha realizado suas manobras de pacificação silenciosa.

Aquele que começou sendo um plano para recuperá-las terminou sendo um novo fiasco quando o visto de Nina não foi aprovado, provavelmente por conta da mistura pouco popular de características: jovem, chavista e pobre. Você era mais revoltado, tinha mais carteirinhas e um currículo político mais ativo do que o dela, mas o seu visto estava sempre pronto, porque você podia ser a vergonha da família, mas, vergonha ou não, nada tirava o seu pedigree. Você fazia a sua revolução com um colete salva-vidas chamado dinheiro de família; pais demitidos da PDVSA* após a greve dos petroleiros e adotados pela Texaco em Houston; contas bancárias em dólares no seu nome, por precaução. Você circulava pelo *Ministerio para las Comunas y los Movimientos Sociales* dizendo, de reunião em reunião, que a revolução estava mais viva do que nunca, enquanto o controle de divisas se revelava um erro e o mercado paralelo engolia o oficial, e pressentia que o câncer engolia Chávez e a revolução juntos. Você tinha o seu visto garantido porque, para você, a possibilidade do fracasso, fosse culpa de quem fosse, jamais iria significar fome.

Por que você não levou Elisa? Tinha medo de ficar sozinho com ela? Tinha esquecido como cuidar de uma criança? Por que as coisas tinham sempre que ser tudo ou nada com você? Elisa, sem Nina, não te servia? A bala, a bala, a bala. Você continuava empurrando explicações naquele pedacinho de chumbo. Sua maior sequela não era o comportamento errático, mas o medo desse comportamento errático e do uso indiscriminado que fez dele. Você era um pai ruim por precaução e, ainda que essa conclusão te doesse, ela também o tranquilizava.

Nos primeiros anos após a separação, você tentava ligar, mas foi demais para você. Parecia que você ficava em carne viva e depois não sabia como vestir sua pele de novo. Então você foi deixando passar, deixando acontecer, e se especializou em aparições

* Petróleos de Venezuela S.A. (N.E.)

estrambóticas como essa e como a de agora, como se pudesse compensar com grandes gestos semestrais os gestos inexistentes do dia a dia. Disney e toda a viagem para os Estados Unidos para visitar os avós paternos era isso, você queria oferecer um mês de alegria e entusiasmo concentrados e que pudessem competir com a ausência dos meses em que você nem por telefone se dignava a aparecer.

Do mesmo tamanho das suas promessas, eram — seguem sendo — as suas faltas. Disney não aconteceu, e você nem se desculpou com Elisa, que já tinha sete anos e sabia sofrer sem dissimulações. Você fugiu de volta para sua vida em Caracas, onde era um homem solteiro, sexy e corajoso, cortesia do seu tapa-olho, mais pirata do que nunca.

Foi essa mesma capital, metade pânico, metade êxtase pela morte do presidente, que, um ano depois, viu o último momento em família que tiveram os três. A notícia do falecimento de Chávez chegou estendendo pontes, botando em suspensão os rancores e as reclamações. Foi você que contou para Nina. Você soube minutos antes de Maduro anunciar em cadeia nacional, e antes mesmo de o pronunciamento terminar, você já tinha duas vagas garantidas em um dos ônibus que sairiam naquela noite para ir ao funeral.

Você nunca pensou que nessa ocasião tão desoladora pudesse caber tanta alegria. Nina e Elisa chegaram ao seu apartamento como chegam os parentes que moram longe quando alguém morre: alheios, desconfortáveis, gentis desconhecidos com algum passado em comum. Mas você, embora outro, conservava os seus encantos. Mas ela, embora cansada, continuava gostando de você. Mas Elisa, embora nada, porque Elisa te amava e sentia sua falta e depois de uma hora e meia sob o mesmo teto já estava empoleirada em cima de você e ninguém conseguia fazê-la descer do abraço marsupial.

No murmúrio festivo de Bello Monte, a salvo da enormidade da tristeza de outras ruas de outras tantíssimas áreas, naquele seis de março de 2013, os três fingiram, por alguns momentos, que a Venezuela não era um velório. Pediram uns hambúrgueres que estavam gostosos e os três disseram que os de Maracaibo eram melhores, ainda que não fosse verdade. Jogaram cartas e, sem necessidade de acordos, você e Nina deixaram Elisa ganhar no burro, e Elisa dedicou a vitória ao presidente. Assistiram Nickelodeon até Elisa adormecer e você a levou para o quarto. Então Nina e você, entre choros e beijos, se devoraram no sofá e no estúdio e no banheiro com a mesma fúria de outros tempos, quando as coisas nasciam em vez de morrerem, bebendo vinho e brindando por Chávez querendo brindar por vocês. Talvez tenha sido isso, a culpa pela incoerência, o karma por te atrever a sonhar o recomeço particular em meio a uma tragédia nacional com matizes de fim de era o que te levou a estraçalhar tudo mais uma vez.

No dia seguinte, no funeral de Chávez, quem quase morreu foi você quando perdeu Elisa no meio da multidão. Ela foi encontrada um tempo depois, atordoada, segurando a mão de um cara cujas intenções nunca saberão. Ela foi encontrada e, no entanto, você soube que a tinha perdido para sempre. Porque você tentou lutar, mas não tentou tanto. Nina te cortou da vida delas com a contundência e a decisão que você bem conhecia. Ela contava com evidências demais para convencer qualquer juizado de menores da sua completa incapacidade e, ainda que o dinheiro pudesse ter te ajudado, a última coisa que você queria era causar mais dano a Nina e a Elisa com um processo desses. Elas eram um time, e você estaria sempre no banco de reservas. Você foi deixando de insistir e Elisa foi deixando-se crescer sem você.

Agora você tem na frente uma pré-adolescente, ou adolescente, você não sabe dizer ao certo, que está disposta a ir embora contigo, e você quer tanto recuperar o que perderam que não quer aceitar a verdade de que Elisa é uma criança sem idade para decidir nem para discernir sobre questões tão adultas. Você sabe que boa parte da disposição dela é desespero por sair deste lugar e vontade de se vingar de Nina, e sua própria disposição é feita exatamente da mesma matéria.

Há dias em que você sabe que tem uma dívida imperdoável com Nina por estar criando sozinha essa maravilha de menina e que isso que você está planejando não é coisa que se faça. Mas há outros dias, a maioria deles, em que você se diz que o que Nina te tirou é muito maior do que as suas culpas, e seu único desejo é que ela te devolva a sua vida segundo por segundo.

Agora que tudo e todos estão na merda, você está bem, deixou para trás os tempos explosivos — ou, pelo menos, é o que você acha — e tem um plano. Você sabe que Elisa não está escolhendo entre Nina e você; está escolhendo entre o vazio momentâneo que sente e você, que nunca foi plenitude, mas hoje é promessa. Você vai cumprir mesmo desta vez?

Como se estivesse vivendo em um filme. Protagonista absoluta. Uma produção de Hollywood dessas de chorar toda a água do corpo. Menina abandonada pela mãe é resgatada de sua avó apática pelo pai que, arrependido de ter se afastado, volta para lhe oferecer uma nova vida. Tudo isso no contexto de uma crise nacional que nesses dias está parecendo uma catástrofe ambiental ou o que o cinema diz que é uma catástrofe ambiental.

Digamos que o filme dela é um drama com um toque de filme de zumbis. E de thriller político. E de aventura, porque Camilo diz que vão pegar o avião na Colômbia, então têm que atravessar a fronteira por terra, que no momento é a única forma de sair da Venezuela. Pena que José Daniel, o último menino por quem se interessou, foi embora para o Peru e até agora não escreveu nem um oi, porque com ele a história teria o componente romântico que está fazendo falta: uma despedida e uma promessa de reencontro, quem sabe já adultos quando voltassem para visitar suas casas da infância para recuperar a história de suas famílias exiliadas durante "a ditadura".

Elisa acha particularmente cinematográfico chamar o que está acontecendo no país de ditadura. Ditadura parece ser algo que acontece com os outros, com toques de recolher e crianças sendo obrigadas a empunhar armas e espiões e guerrilheiros e estudantes lutando contra o sistema, tudo o que ela viu em filmes como *Vozes inocentes*, *A história oficial* e *A noite dos lápis* e que com certeza não devia ter assistido tão nova, o que fazia de Nina uma mãe um tanto irresponsável. Ditadura parece ser algo que os revolucionários combatem, não algo que eles mesmos constróem.

Sempre que ela perguntava sobre essas coisas, Nina e Graciela ficavam irritadas de puro nervosismo, de não saber o que dizer. O avô Raúl, com sua paciência de professor, pelo menos fazia um esforço.

Teve um dia em que as notícias não paravam de falar da loucura que era o país agora ter não uma, mas duas assembleias; a Nacional, de maioria opositora recém-eleita, e a *Constituyente*, a última inventada por Maduro quando o chavismo perdeu. Para Elisa, essa coisa de *Asamblea Nacional* e *Asamblea Constituyente* soava algo como as divisões do beisebol estadunidense, com a liga nacional e a americana. Nesse dia ele tentou explicar o que não tinha explicação e acabou dizendo que sim, que agora sim estavam limpando a bunda com a democracia e ele não tinha mais como evitar a palavra ditadura, e isso o deixou tão, tão bravo, que pareceu que para todo mundo na casa teria sido melhor ficar com a dúvida.

Será que os ditadores assumem em algum momento o que são? Em algum momento algum deles falou: "Eu sou fulano, ditador de tal país"? Seja como for, isso não pode tomar muito tempo do seu filme, que é um drama de pai e filha.

É março, a escola teria que estar funcionando e ela deveria se preocupar em deixar o ano letivo assim, na metade, mas faz um bom tempo que Elisa aprende o que quer e quando quer, porque a escola está sempre vazia, como naquele dia em que caiu um toró que derrubou árvores e graças a Deus tombou um dos outdoors daquele deputado cabeçudo com cara de sapo que se achava bonito e tinha enchido a cidade de propagandas com a foto dele. Nina insistiu que ela não podia perder aula, e claro que perdeu, como todos os outros alunos, porque na sua sala só chegaram cinco crianças molhadas e a professora, com os sapatos e as calças todos cheios de barro e já na metade da manhã.

Agora faz meses que não chove, nem uma garoazinha que seja, e ainda assim a escola está vazia. São tantas as crianças que se foram do país com suas famílias e tantas mais que não conseguem chegar por falta de transporte ou de dinheiro para a passagem ou de ambos, que as professoras juntam crianças de várias séries em uma mesma sala e distribuem as lições, como se fosse uma aula de reforço escolar barata, e não ensino oficial.

As professoras sempre carregam consigo os catálogos da Avon, da Natura, e da Amway e um monte de outros produtos mais entre os livros e os cadernos para corrigir e, além de suas pastas, levam sacolas e potes com pastéis e rocamboles doces e bolos para vender. É tão estranho que, entre tanto doce, todas elas estejam cada vez mais magras, como se tivessem combinado de fazer uma dieta macabra que, além de fazer perder peso, as fazia envelhecer um ano a cada mês que passava.

Elisa sempre gostou da escola, mas essa nova escola parece de faz de conta, e ela não gosta de ser feita de trouxa, então essa coisa de deixar a escola, essa escola, para ir embora com seu pai, não é um problema real.

Seu pai. S-E-U-P-A-I. Depois de tanto tempo inventando desculpas como "meu pai trabalha em Caracas, vou ver ele nas férias"; "meu pai não conseguiu visitar a gente porque está em um projeto importantíssimo em Margarita"; "meu pai sofreu um acidente e não conseguiu vir pro meu aniversário"; "meu pai veio no Natal e passeamos muito, fomos até pra praia, mas as fotos estavam todas no telefone dele que caiu na privada"; depois de tanta ficção, poder dizer essas palavras, sentir o eme de meu e o pê de pai formar-se em seus lábios com um golpezinho, impacto de pertencimento, é tão gostoso, tão merecido, que Elisa deixa que sua infância cure um pouquinho os muitos rancores que, com a ajuda não tão abundante, mas sim imprescindível, de Nina, leva consigo.

Abandonar a avó, por outro lado, sim, a faz sentir remorso, mas não há como refutar Camilo quando ele diz que Graciela não cuida dela, que na verdade é Elisa quem cuida de Graciela. Ele resolve isso com um envelope contendo trezentos dólares, que Elisa coloca embaixo do colchão, junto de um bilhete pedindo perdão por ter ido embora assim, sem despedidas, mas com certeza é melhor para ambas, porque ela sabe que a avó prefere ficar sozinha do que ter que ficar com ela, que tanto a incomoda.

Quando estiverem já bem longe ela contará sobre o dinheiro e dirá que Olga, para quem também deixaria um bilhete, não teria problema em manter a geladeira e a despensa cheias e que, assim que acabasse o dinheiro, eles, porque agora Elisa falava em plural, mandariam mais.

Sua única missão é achar o passaporte, o resto é comigo, ele disse. Ela se sente protegida quando Camilo fala desse jeito prestativo e onipotente. A vida com ele devia ser mais fácil do que a vida com Nina, que tinha essa mania chata de mandá-la fazer as coisas sem aviso e sem protesto, como forma de educar uma futura mulher independente. Independente e potencialmente traumatizada, pensa Elisa, quando lembra que foi com esse mesmo argumento que sua mãe a deixou na Venezuela: eu preciso que você seja forte, pelas três. Mas quando se tem treze anos essa força é algo que se pode invocar somente de vez em quando, e não todo dia, como um super-herói. Quando se tem treze anos e a sua mãe está longe, a única coisa que dura o dia todo é a saudade.

Ao não a levar consigo, sua mãe, sem perceber, está desperdiçando um belo cenário para fazer dela uma fortaleza de pessoa. Mas Nina decidiu que estar junto dela, as duas sendo refugiadas em um país alheio, tendo que inventar uma vida, não era uma lição que valia a pena. Toda essa conversa de Nina sobre independência e trabalho duro funcionam apenas quando convém para ela.

Quantas histórias de mães que faxinam casas e levam os filhos com elas não tinham ouvido? Por acaso Nina não se lembra das tantas histórias que elas escutaram juntas nas favelas que visitavam? Elisa mal tinha completado sete anos quando foram visitar uma comunidade do lado da prisão El Marite, e essa não foi nem a primeira nem a última, mas ela se lembra especialmente dessa porque Raúl e Graciela, apesar de muito revolucionários, ficaram putos quando souberam, e Nina falou sem papas na língua: é melhor que veja e entenda logo a miséria. Ela é minha filha e eu levo ela comigo para onde eu for.

Quantas vezes Nina já contradisse essas frases? Ou só vale conhecerem juntas a miséria quando é a miséria dos outros? Por quanto tempo mais sua mãe vai fingir que não a levou junto para não a expor a uma vida de carências? Quando é que vai assumir que ela é um estorvo e que sempre foi?

Ela sabe que é por isso. Elisa é um estorvo porque Nina sempre foi uma mulher volátil. Porque os pais e a casa dos pais são o único porto seguro não destruído pelo furacão Nina. Por isso, sem Graciela viajando com elas, não houve plano possível. Nina precisa que Elisa permaneça ancorada, resguardada, enquanto ela redemoinha atrapalhada e errática pela vida, feito um demônio de Tasmânia que começa a ficar muito velho para fazer gracinhas.

A promessa de Nina não tem prazo nem credibilidade. A oferta de Camilo, por sua vez, tem data, horário, número de voo, é rastreável pelo Google Maps e, ainda que não tenha sido por isso que ela aceitou, é uma oferta que não envolve dar o sangue, mas visitas ao centro espacial da Nasa, *Houston, we have a problem!*, e as praias de Galveston, a uma hora de distância, podem não ser seu sonho de uma casa na praia e podem não ser Morrocoy nem Mochima, mas quem se importa com isso, se ela não conhece nenhum dos dois, porque essas referências de excelência marítima pertencem ao currículo aventureiro de quando Nina era uma Nina sem filha, uma Nina sem ela.

Ela encontra o passaporte bem guardado na gaveta dos documentos de Graciela, no buffet da sala. Não há caça ao tesouro nem grandes enigmas, também não há despedidas emotivas. Essa parte do filme seria insípida e decepcionante. É sua última noite com Graciela, mas a avó está repulsiva como em qualquer outro momento. Claro que tem direito a estar assim, com o apagão de quase setenta horas, naquele quarto com a janela sempre fechada e toda a gente que a avó diz que está ali com ela, sua mãe, sua tia, seu irmão.

Ela não sabe se os fantasmas suam, mas talvez sim, e então o odor estranho pode ser deles. Graciela detesta que Elisa os chame de fantasmas. Ela diz que são seus mortos e ponto, que isso de fantasmas é uma palhaçada. Presentes ou não, fantasmas ou não, suados ou não, Graciela não tem como saber que o dia seguinte será uma sexta-feira histórica em que enfim vai ficar a sós com eles.

Elisa estará com Camilo a caminho de Valledupar, de onde vão viajar para Houston.

Lá, uma nova avó, mais alegre e cheirosa e bem-vestida, a estará esperando com os braços abertos em sua nova casa. Muito diferente de Graciela, que quase joga um chinelo na direção dela quando pergunta se podem dormir juntas, como se o privilégio de dormir naquele quarto catinguento e sujo pertencesse só a ela. Por favor, vó, não quero dormir sozinha, insiste Elisa, que sabe que Graciela só é conquistada na força da perseverança e que há noites que tudo o que a avó precisa é de um grande gesto de amor e carência para se sentir importante. Você não quer dormir sozinha, mas eu quero. Vai embora para o seu quarto, e não quero mais ter que repetir: para de encher o meu saco.

Essa não será uma dessas noites, não vai ter abraços nem aconchegos. Já quase nunca tem, na verdade. Nos últimos tempos, apenas Olga e Camilo a tocam. A pele de Nina é do que ela mais sente falta. O cheiro da roupa no corpo de sua mãe, o hálito sempre fresquinho pela obsessão por escovar os dentes, o som dos seus beijos, sempre ruidosos e apertadinhos, sempre reais. Nina é brava e briguenta, mas também é um abraço permanente.

Amanhã meu pai vem me buscar cedinho, ela anuncia para sua avó.

Graciela desliga a fraca luminária de pilha, o único ponto de luz no quarto, e deixa Elisa ali, sentada ao pé da cama, na escuridão.

Faz o favor de fechar bem a porta.

PARTE III

Era dia de faxina, e isso normalmente significava que seria um dia de alegria, porque nos últimos meses a alegria era um retângulo de papel com desenhos de alguns representantes nacionais da flora e da fauna, a humana e a não humana, e uns números bem bonitos, que pareciam mais bonitos quanto mais dígitos tinham, porque deixavam comprar mais coisas, mas o medo tinha sujado as possibilidades e a faxina daquele dia teria que ser de dentro para fora e os retângulos de papel não seriam suficientes para criar alegria onde só havia medo e um arrependimento metastásico cuja origem remontava a muito tempo antes da viagem. Mas a alegria dos dias de faxina também tinha outro motivo, a presença de uma criatura peluda, curandeira e mediúnica chamada Farofa, a cachorrinha da professora Sandra, que, assim que ouviu Nina entrar pela porta, soube que naquele dia seu trabalho seria mais árduo. Tudo bem, Nina?, perguntou Sandra enquanto lhe servia um cafezinho saboroso do jeito que ela precisava. Que tal o abrigo, dá para dormir bem? "Bem" é uma palavra forte que é melhor usada para dizer coisas como que ela gosta do café bem doce e do pão bem torrado, não para descrever abrigos de sem-teto, fossem reais ou imaginários, como o dela, existente apenas na mentira que ela contou para Sandra. Qualquer coisa, me avisa, Nina, que não te dê *vergüenza*, hein? *Vergüenza*, essa sim era uma palavra que combinava com o estado atual dela, vergonha de estar sofrendo tão à vista de todos, depois de tantos anos de treinamento para evitar esses espetáculos constrangedores que ela podia aceitar nos outros, mas jamais em si mesma, que falta de caráter, que fraqueza, que malcriadez. Malcriada, ela? Nunca, se Graciela e Raúl eram duas instituições exemplares na tarefa artesanal de modelar gente. Malcriada era a coitada da Elisa, com a mãe longe, Graciela em greve de vitalidade e aquele vaivém tosco chamado Camilo. Sandra se retirou, com seu olhar carinhoso e sua ânsia de caridade que tinha aprendido a manter sob controle porque conhecia Nina o suficiente para saber que não era essa a via pela qual se chegava até ela, deixando dois retângulos de alegria na mesa da cozinha e o pedido de que Nina fizesse uma limpeza profunda no fogão e nos armários, podia concentrar-se nisso, pois o resto da casa ainda estava limpo.

Nina enfiou a cabeça no forno e uns segundos mal-intencionados a rondaram, a ideação do gás aberto e o sono levando-a para um lugar que não sabia se seria perto ou longe, um lugar onde Raúl não a estaria esperando, pois dizem que as pessoas que partem com vontade e com técnicas para ir embora não chegam ao lugar bom onde com certeza estava seu pai, mas a algum patamar penitente rodeado de escadas que sobem e descem mas sempre terminam em degraus, degraus, degraus dos quais Farofa a salvou com sua língua analgésica. Em vez de propano, saliva; lambidas que limpavam de seu rosto as lágrimas enquanto ela limpava a gordura das paredes do forno, camadas sebosas de carnes, frangos, massas, comidas que expunham momentos de uma família que não era a sua, essa ideia agora solta que era sua família, elos de uma corrente abertos na marra, o martelo subindo e esmurrando suas têmporas porque sabia que devia ter voltado ou devia ter levado Elisa consigo, devia ter estudado mais e melhor e encontrado alguma oportunidade decente em algum país decente ou ter sido acompanhante de políticos e mafiosos, como se não fossem a mesma coisa, devia ter escutado seu pai e largado Camilo antes ou devia ter escutado sua mãe e não o largado nunca, devia ter acompanhado Camilo naquela noite e devia ter recebido ela o tiro, devia ter sido ela a perder um olho e a sensatez, tudo ao mesmo tempo, devia ter sido ao menos metade tão inteligente, coerente e estratégica quanto o pai e ter sabido que o tempo de quem sai do seu país com a roupa do corpo não se mede em dias nem semanas, nem meses, mas em anos que se passam violentos entre um varrer e um passar o pano, devia ter sabido que quem ganha em dólares ou em reais ou em pesos também gasta em dólares ou em reais ou em pesos e que outras inflações menos escandalosas do que a venezuelana também criavam desgraças, devia ter sabido que Elisa não tinha que ser forte ou madura porque Elisa tinha que ser o que ela era, uma menininha de doze anos que agora já eram treze e já menstruava e logo começariam os sustos, e ela devia ter sabido que seriam treze e até catorze ao que tudo parecia indicar porque o tempo se passava entre um varrer e um passar o pano e o dinheiro que ganhava em uma manhã era enviado para Venezuela na mesma tarde, e devia ter sabido que economizar para comprar passagens para atravessar a América do Sul não era algo que uma faxineira que tinha passado as últimas três noites dormindo escondida em uma universidade pudesse fazer.

Farofa bebia sua tristeza enquanto ela limpava uma grade e mais uma e a pobre cadela ia se contagiando de uma preocupação que Nina não sabia identificar com exatidão. Era ciúmes de que Camilo estivesse com Elisa e ela não, era raiva de que Graciela tivesse passado por cima de sua autoridade, era pena de Graciela e a ferida aberta por Raúl, a falta que faziam Raúl e seus infinitos heroísmos, era desespero porque os noticiários diziam que a bendita luz não chegava em Maracaibo e Graciela já nem devia ter comida na geladeira, era isso tudo ao mesmo tempo, mas era também outra coisa. Era Camilo quando e Camilo onde. Ele podia ter visto Elisa enquanto ela estava na Venezuela, mas sempre encontrou desculpas e ela sempre justificou suas desculpas, muitas vezes até assumiu a culpa, porque antes de sentir medo de Camilo ela sentia pena dele, porque Camilo era o que tinha restado de Camilo e Nina sentia que havia abandonado um doente, como fazia questão de concordar Graciela e de refutar Raúl, com quem Farofa parecia concordar, porque com esse pensamento começou a latir, como se até a cachorra fosse capaz de entender que tudo tinha um limite e Camilo não só tinha ultrapassado esse limite como fazia anos que estava esticando as bordas desse limite como um fazendeiro as de suas terras. Para ele, sempre foi Elisa mais Nina, Elisa sozinha parecia que não lhe servia, ele queria o pacote família, Disneylândia uma e outra vez, sua vida completa de volta ou nada, e então tinha sido nada, porque ela podia ser teimosa, mas não era burra a ponto de voltar ao inferno que era viver com Camilo desde o tiro.

Nina fechou a porta do forno e se viu no vidro, impecável como a casa inteira, e estava tão igual à sua versão de sempre que disse qual é, mulher, tem que reagir, e tentou se convencer de que, em vez de mau augúrio, truculência, vendeta, o fato de Camilo querer estar com Elisa, ainda que na ausência dela, podia ser algo bom, o arrependimento por tanta e tão grande mesquinharia concretizado, talvez, o agrado de uma passagem para Porto Alegre no nome de Elisa ou na recuperação do vínculo insubstituível de uma filha com seu pai; podia ser a boa notícia que ela desesperadamente precisava, embora Farofa não estivesse muito convencida dessa alternativa e estivesse latindo com uma ferocidade prestidigitadora.

Você tem pesos colombianos, né, Alberto? Te liga que os guardas tão doidos, diz Genaro, o motorista, e você demora um pouco para responder, porque esse Alberto ainda não entrou bem no seu sistema. Alberto, Alberto, responde, te diz Elisa, com cara de sem-vergonhice.

Quando você ficou sabendo que Nina tinha ido embora e Elisa estava sozinha com Graciela, você entendeu que era o momento de pôr em prática a vontade de sair correndo que tinha já fazia meses. Só faltava Elisa dizer o improvável sim que ela disse e o plano seria perfeito. Você sabe que está recebendo as migalhas de filha que Nina deixou, mas logo você saberá como recuperá-la.

Como ela, você também está indo embora sem avisar ninguém. Você pediu quinze dias de férias e está fugindo para os Estados Unidos, via Colômbia, com uma filha com quem não convive faz anos, em direção à família com a qual você cortou relações anos atrás e, durante a fuga, pelo menos para o motorista, o seu nome é Alberto, porque foi isso que você lhe disse, sem saber por quê, talvez para apagar pelo menos esse rastro, talvez porque você quer tirar um pouco de peso do Camilo que você acredita ser, que não pode ser resumido a esses últimos acontecimentos.

Você não se demitiu do cargo no ministério, não indicou um substituto, não preparou transições. Não houve uma decepção específica, ninguém te ameaçou, ninguém tentou te meter em novas negociatas. Não houve uma cena, uma imagem, uma notícia em particular. Você queria ter uma justificativa mais concreta, um pedacinho de história que pudesse ser um antes e um depois, um momento em que você falou, eu vou só até aqui. Mas você não tem. Você se esvaziou lento, como mel. Você se viu cada vez mais só, cada vez mais ator de um teatro péssimo, autoritário e demagogo, do que um real agente da mudança. Você mandou fazer outdoors e sorriu em eventos e gravou entrevistas engrandecendo projetos que sabia diminutos frente à brutal e visível perda de peso do venezuelano médio, esse mesmo que você encontrava na rua, quando ia para rua, nessas oportunidades mais escassas em que você deixava seu escritório, seu computador e sua bandeira, que não aprendeu a tremular porque nunca saiu do ar-condicionado. Mas você não chega a se sentir culpado por isso. Você foi embora assim, sem avisar, como já é habitual, porque não queria ter que dar explicações a quem, segundo você, não as merece. De qualquer forma, não haveria nenhum ouvido disposto a escutar. Você vai ter que se acostumar rápido com as novas categorias que vão acompanhar o seu nome. Dissidente. Desertor. Traidor. Terá quem diga que sempre soube que isso aconteceria, que até demorou. Que você é um oportunista, como todo rico.

O sol se assoma entre as nuvens escuras que antes te convenceram de que choveria. Você escutou alguma vez que chuva era bênção e, quando convém, você se lembra disso para se sentir melhor. Sobretudo quando você está fazendo alguma merda como essa de agora. Você não quer pensar, não pode pensar, na importância e na gravidade do que está fazendo. Quanto falta?, insiste Elisa. É a terceira vez que ela pergunta desde que saíram. Uma hora e meia até a fronteira, se não pararem a gente, responde o motorista. Elisa já está inquieta e vocês apenas estão saindo de Maracaibo, nem cruzaram a fronteira ainda. Você se pergunta como ela vai aguentar o resto do caminho, vão ser umas cinco horas até Valledupar, a noite no hotel e outras doze horas até Houston, entre voos e aeroportos. Você se pergunta se, em alguma dessas etapas, ela não vai desistir.

Por enquanto, Elisa se distrai com a lenga-lenga do motorista, que conta que na última vez que fez a viagem levando passageiros de Maicao para Maracaibo, no sentido contrário ao que estão fazendo agora, foi parado catorze vezes nos 103 quilômetros que há desde a linha fronteiriça até o começo da cidade, e a hora e meia que normalmente levaria o trajeto virou quatro.

Você não gosta dessas histórias. Você as vive todos os dias, mas ouvi-las, ver que alguém organiza esse caos em palavras deixa um gosto de refluxo na sua boca. Você não quer olhar muito pela janela, porque não quer ver os galões de gasolina contrabandeada, as pessoas com funis e mangueiras oferecendo-a. Você não quer ver as pessoas com maços e maços de bolívares, não quer refletir sobre o impensável negócio de vender aqui as notas que não há na cidade, 1,3 cada bolívar. Você não quer ver as camionetes, paus-de-arara e ônibus a caminho de Maracaibo, todos entulhados de gente e de fardos de comida e de qualquer coisa que possa ser vendida a preço de tesouro, coisas que você mesmo já comprou do seu fornecedor particular, que te vende pelo dobro e triplo do valor, mas mantém a sua despensa abastecida. Você não quer pensar na despensa de

Nina e Elisa, cujo vazio possibilitou que hoje você estivesse aqui, em uma Blazer 2004, pagando em dólares a um tal de Genaro para que te leve até Valledupar e, de bônus, te ajude, sem saber, a sequestrar sua filha, porque é isso que você está fazendo, você sabe, não é, Camilo? Você não quer olhar pela janela nem escutar as histórias porque, ainda que hoje você seja Alberto e ainda que você sempre esteja usando sua máscara de herói, você se sente culpado.

Elisa, porém, parece amar essas histórias, e, seja porque está entediada ou — opção que te parece ser a mais plausível — para distrair o nervosismo, continua perguntando detalhes. O homem conta que naquela oportunidade estava levando uma sacola com dez quilos de arroz, farinha e feijão, para ir deixando um quilo em cada blitz, subornando os guardas para evitar que os revistassem e tirassem produtos dos passageiros com base em leis e proibições que eles iam inventando conforme o humor e a necessidade do dia, mas naquela vez foram tantas as paradas que nem sequer uma sacola tão cheia quanto aquela foi suficiente.

E o que você fez?, interroga essa Elisa, cada vez mais filha da Nina, questionadora e curiosa como ela. Pagamos, meu bem, eles têm um preço a cada dia, sempre em pesos colombianos ou em dólares, por isso eu perguntei para Alberto.

E se você não tiver dinheiro?, ela pergunta. Você tem que ter, ele responde, e a frase perfura o seu ouvido porque você sabe, Camilo, que tem que ter grana e a maioria não tem e quem pode dá um jeito e quem não consegue dar um jeito vai embora, como Nina se foi, e você está se aproveitando do lado mais cruel dessa necessidade, uma necessidade que você próprio ajudou a fabricar, para moldar a vida conforme a sua vontade.

Porque tem que ter grana e você tem, Camilo. Se tem uma coisa que te dá segurança em meio a tantas e tão fodidas crises é que você tem grana, a sua e a da sua família. Pagar não te dá medo, mas sim um pouco de raiva, porque ainda que comprar silêncios e favores já seja um hábito, ninguém gosta de ser extorquido. Seu medo é que botem algum empecilho na solução que você bolou para tirar Elisa do país sem a autorização de Nina.

Vocês vão ficar na Colômbia ou seguem para outro lugar?, pergunta Genaro, e Houston, iu-es-ei, Elisa responde te olhando insegura, querendo descobrir se ainda está valendo o plano. A minha mãe vai encontrar a gente lá, assim que puder, porque ela está no Brasil.

E você assente e assente, com uma pontada de dor onde devia haver um olho e agora há um calo mais honesto do que você, que queria não ter tido que inventar cenários improváveis para convencê-la. Que tragicômico esse seu talento para convencer os outros e você próprio daquilo que inicialmente você custava a acreditar. Durante quantos anos você ganhou um salário para exercê-lo?

Você disse para Elisa que conhecia Nina mais do que ela, que ambos sabiam que se pedissem autorização, ela diria que não, não é verdade? E Elisa assentiu. Mas se fossem embora e avisassem já estando lá, com uma passagem comprada para ela e um plano para atravessar a fronteira do México com os Estados Unidos sem riscos, era certo que ela ia dizer que sim. Era certo, você repetiu, porque gostou da segurança que sentiu na primeira vez que o disse. Elisa não falou que sim nem que não. Você a lembrou de que o Brasil, ambos sabiam, não estava funcionando. Nina não teria motivos para ficar lá, sendo que sua filha e um bem-estar garantido estariam esperando por ela em Houston. Elisa assentiu sorridente, pouco convencida, mas herdeira do seu talento.

Por enquanto a fronteira é outra e Nina está morta. Assim informam os documentos que você mostra no guichê de imigração, junto à identificação de Elisa. Tinha que ter grana para mover esses teatros, e você tinha. O funcionário que te atende te olha, avalia o currículo de culpa que pode haver por trás do tapa-olho e quase, quase implica com você. Mas Elisa, do seu lado, deita a cabeça sonolenta no seu braço e você faz um carinho no ombro dela e pergunta se está com sede, e são tão pai e filha, tão viúvo e órfã, e há tanta gente na fila, que bem-vindos à Colômbia, o carimbo estampa seus passaportes, bonito e eficaz, como uma tatuagem-lembrete do dia que, juntos, assassinaram uma mulher.

Com a fronteira fechada para os carros, o plano era que Genaro os deixaria do lado venezuelano da fronteira para que vocês cruzassem a pé e ele os pegaria do lado colombiano após ter atravessado por um dos caminhos clandestinos que o povo criou. Agora já estão esperando há mais de meia hora e nada de o homem aparecer. Blazers prata como a dele se multiplicam em um caos que, Elisa tem razão, é parecido com o centro de Maracaibo no Natal, antes, quando o mundo ainda não tinha acabado. Ambulantes ocupando calçadas e boa parte da rua, vendedores gritando suas ofertas de água e refrigerante, cheiro de fritura, tudo envolvido por uma nuvem preta de dióxido de carbono e, em meio a tudo isso, você, sua desistência do país e a retomada dela, sua filha, com sua mochilinha e sua vontade de acreditar em ti.

Na busca por Genaro, Elisa examina detetivesca os estacionamentos improvisados; a fila de carros feita principalmente de Fairlines 500, Conquistadores e Malibus, favoritos indiscutíveis dos motoristas de transporte público; os rostos castigados pelo sol e pelo calor. Ela examina sem perceber que está sendo examinada por olhos para os quais nada importa que ela seja uma criança, e são olhos de corpos que têm pés e se aproximam, e têm mãos e se aproximam, e você não sabe quanto disso é verdade e quanto é eco do dia em que você a perdeu, mas você se joga sobre ela em um abraço e Elisa, que não é boba, intui muitas das palavras acopladas a esse abraço e deixa durar, durar, durar, até que Genaro aparece, satisfeito, cafezinho na mão, com a camioneta fedendo a arroz com frango. Vocês não vão almoçar? Aqui é mais barato.

Elisa está com mais sono do que fome, diz que podem comer ao chegar. Para você, melhor. Você não quer atrasar a viagem. O seu coração todo é uma urgência. Você se convenceu de que esse era um caminho possível e de que não há mais volta, já foi tão longe que retroceder seria chegar a um lugar muito pior do que aquele do qual saiu. Às vezes você sente que toma essas decisões no piloto automático, e quando você percebe, já está executando o plano que não parece seu. Mas é, Camilo, você quer pensar que é da bala, mas nessas alturas você é a bala, você decidiu ser a bala.

Elisa dorme, e ainda bem que é assim, para que não veja como todo o convencimento com que você a contagiou está se transformando em sufoco, para que possa impedir essa tentativa de crise de pânico apenas com a paz de seu perfil de criança já não tão criança, recortado contra as algarobeiras, as mangueiras, a poeira de terra amarela, a beleza discutível das construções sempre pela metade dos casarios da estrada, um carrossel de imagens tão iguais às da Venezuela que a própria existência de uma fronteira parece um capricho contra bolivariano.

É tudo culpa da Nina, você se diz todo dia. O pacto foi se manterem sempre atentos e avisarem um ao outro quando estivessem perdendo o rumo na vida e na revolução. Você precisava de Nina como bússola, e Nina destruiu as agulhas. Você precisava da sua filha como Norte, e Nina te borrou a paisagem. Sempre entendeu todo mundo, mas não quis entender você. Não insistiu o suficiente. Não te curou.

Nina é tudo o que você ama e tudo de que você foge. Que tipo de amor é esse seu por Nina, que a essa altura não morreu de inanição? Talvez isso que você acha que é amor por ela, pela pessoa que Nina é, seja mais amor pelo que você poderia ter sido com ela e não teve a coragem de ser. Muitas noites, sozinho ou com alguns dos seus casinhos de fim de semana, pensando em Nina enquanto outras te percorrem o corpo provavelmente pensando em outros, você tem se perguntado se, mais do que amor, não é inveja o que você sente por ela.

Para Nina, a militância, na rua e dentro de casa, nunca foi algo que se impunha nem se exagerava, mas algo que ia crescendo dentro e que jamais renunciava à crítica, que era seu direito e, antes de mais nada, seu dever. Ela agia como se não devesse nada para ninguém, nem para você, nem para a revolução. E foram vocês que lhe deram tudo o que Nina tinha. Ela era uma mal-agradecida, uma egoísta: duas características que não combinavam com revoluções nem com casamentos. Você estava disposto a acolhê-la e a defendê-la em ambos, ainda sabendo que as Ninas do mundo fazem volume e gritam palavras de ordem, se inscrevem no partido e compram briga onde quer que seja, mas não se lançam a cargos públicos, não aceitam trabalhos oficiais, não se metem a trabalhar nas entranhas de sistema nenhum. As Ninas do mundo não obedecem a ninguém, não se comprometem com nada que não seja elas mesmas. Fazer a revolução assim também é fácil. Elas dizem qual tiro foi certeiro e qual não, opinam sobre o calibre da bala, sobre a quantidade de disparos, sobre a distância e o pulso de quem dispara, mas nunca são elas que apertam o gatilho nem as que decidem abrir fogo e muito menos as que recebem os tiros inimigos e perdem olhos na tentativa de ganhar a guerra. As Ninas do mundo recapitulam prematuramente, é verdade, mas os Camilos como você esperam que chegue a Grande Merda para assumir a lição, porque estão convencidos, como você tanto dizia, de que uma guerra que não se luta é uma guerra perdida de antemão, você repetia essa besteira, fantasia de macho, como se fosse uma grande frase, sendo que já faz muito tempo que o seu campo de batalha é uma terra atordoada na qual uma multidão de soldadinhos sem partido e com fome se empurram em busca do pão que qualquer um oferecer. Valores e futuros empobrecidos em seis dígitos negativos, com quatro velhos barrigudos, estufados de carne e grana, vomitando ordens, brincando de saber o que estão fazendo.

Dorme tranquila, Elisa, você pensa, dorme, que já vamos sair dessa e você não vai precisar sentir saudades de ninguém, você pensa, enquanto vê nela o seu nariz, as suas sobrancelhas e a boca impertinente de Nina, repetida nela, uma cópia milímetro por milímetro de uma boca que não fica calada e que você precisa ter do seu lado, ainda que seja para te dizer tá vendo como eu tinha razão?

A NOTÍCIA CHEGA PRIMEIRO do outro lado como um furacão branco, lento, em cuja corrente Raúl é levado, e entre o vozerio e o pranto que ele atravessa, percorre pontes e pontes e mais pontes, materiais nebulosos que em um segundo, ou no que em sua mania terrestre de continuar medindo o tempo lhe parece um segundo, ganham a concretude de um restaurante de estrada no caminho até Valledupar. Agarrada ao pingente que pende de seu pescoço, um caramujo desenhado por ele, Raúl encontra Elisa no banheiro, aproveitando uma parada na viagem para chorar escondida.

Raúl não faz perguntas, porque já sabe de tudo, em algum lugar de si já estão guardadas as histórias feitas e por fazer. A única interrogação é se há alguma coisa que ele possa fazer a respeito.

— Ah, meu amor, bem que eu queria — lhe responde sua mãe.

Não, não há. O único movimento que ele conhecerá será o de testemunhar e consolar, tanto para os que têm mais de um par de olhos como para quem só tem um. A tristeza, lá, se sente diferente, mas se sente.

— Aos poucos a gente se acostuma, meu filho.

Raúl abraça Elisa, seca suas lágrimas, acaricia seus cabelos, sem saber se ela entende sua presença e sem forçar entendimentos, e fica ali até Elisa se acalmar e lavar o rosto para voltar com Camilo.

— Vai ver Graciela, homem teimoso — insiste a mãe dele.

— Quer que eu vá com você, professor? — Vicente se oferece.

Que já vai e que vai sozinho, ele diz ou pensa. Com medo e tudo, ele começa o caminho. Agora que a bruma tem se revelado essa espécie de neblina andina e que ele pode ir e vir entre sua brancura com destreza campesina e angelical, se deixa levar pelo próximo chamado de Graciela, confiante de ter coragem suficiente para ficar frente a frente com ela e avisá-la sobre essa nova ausência que se criou na casa.

Mas não, ele ainda não sabe como fazer isso. Inodora, silente, invisível, assim é a primeira visita que Raúl faz à sua mulher ruinosa. Uma sondagem.

Graciela vai e vem na rede, triste com sua tristeza já normal, sem outras notícias ruins além da continuidade do apagão. Ela empurra o pé contra a parede e vai e vem com maior velocidade, tentando gerar algum ventinho, enquanto Raúl fica quieto como uma mosca na parede, escorado no cantinho do alpendre sujo e com a tinta descascada como nunca havia estado, vendo sua mulher, também suja e descascada, sorvendo o café que Olga acabou de trazer e que distribuiu entre os vizinhos, alongando como pode a amabilidade que lhe resta após três dias sem eletricidade. Ele nunca imaginou que Graciela, depois de ter falado tão mal dela, estivesse se deixando acolher por Olga, por seu olhar companheiro, por seu sorriso, mais feito de costume do que de verdade.

— Você tem falado com Nina? Faz dias que ela não me escreve — Olga pergunta para Graciela.

— Não muito.
— Você já jantou?
— Tô sem fome.
— Você tem comida?
— Devo ter alguma coisa.

Não, não tem. Graciela está à base de bolachas água e sal, é só isso que Raúl encontra nos armários. O vazio na geladeira, o silêncio, o calor que ele não sente mais, mas que é visível nos rios de suor que escorrem em Graciela e em Olga, parecem expulsá-lo antes de dizer uma palavra. Ele sempre sentiu aflição frente à decadência, e pelo jeito essa característica o acompanha em seu novo estado.

Ele volta esmagado, como se tivesse acabado de morrer, naquele momento em que ainda se tem o corpo doente ou acidentado, quando ainda não dá para saber se estamos de um lado ou de outro da vida. Está esfacelado, mas sabe que tem que voltar logo, assumir a responsabilidade e estar com Graciela para o soco que está vindo, só precisa se preparar melhor, pensar em uma melhor forma, dar um jeito de ser alívio antes de ser notícia ruim.

Sua irmã Diana sugere que apareça para ela novinho, como quando eles se conheceram. A sogra pede que chegue com o cheirinho de montanha que Graciela ama desde sempre. E sua mãe, mais dada aos sons, o lembra de que Graciela sempre ficava emocionada com a chuva. Raúl se arma com essa roupagem de encantamentos e se senta, pronto para atender o próximo chamado, que com certeza não tardará a chegar, porque sua mulher não fala mais consigo mesma: desde que Raúl morreu, todos seus monólogos são dirigidos para ele.

Desde que você se foi, eu odeio de morte os entardeceres, Raúl. Eles são a constatação deste nada que me tornei. Antes, era o momento de salvar arquivos, desligar o computador, perguntar precisa de mais alguma coisa, professor?, torcendo para que respondessem que não, pegar as minhas tralhas e passar um perfuminho para mascarar o cheiro de comida que todos os funcionários que almoçam em lugares fechados têm. Buscar o carro no estacionamento, botar o ar-condicionado no máximo, dirigir escutando reportagens britânicas retransmitidas pela emissora da universidade enquanto estava presa no trânsito, a caminho de te buscar, você que vinha sem dissimular o cheiro de comida, porque você nunca foi de usar perfume.

A gente era legal, você não acha, Raúl? Educados, conscientes, sempre rodeados de pessoas aprendendo. Você contente em seu palco, ensinando as centenas de estudantes de tão variadas idades que passavam pelas suas aulas; eu nos bastidores, organizando os horários e as reuniões e os documentos que permitiam que professores como você tivessem seu palco e seu público. Parece que isso tudo aconteceu em outra vida, com outras pessoas. Como se uns ladrões tivessem entrado e roubado, tivessem me aberto para me tirar de dentro de tudo o que eu era e tivessem deixado a casca pendurada no portão para não carregar o peso desnecessário.

Em uma tarde normal daquela outra vida cheia de achaques, o sol estaria se pondo mais uma vez, e eu estaria chateada pelo ato absurdo de continuar no mesmo lugar, vegetando mais um dia em que a única atividade teria sido o envelhecimento. Em uma tarde sem eletricidade, a amargura do disparate estaria agindo, não só em mim mesma, como em todas as regiões que tivessem a mesma sorte. Mas hoje, a quarta tarde seguida nesta calamidade, a sensação que eu tenho é que estou respirando só porque algum torturador decidiu me manter com vida para que eu veja com meus próprios olhos como vão embora os que ainda estão aqui, um por um. Quem sair por último apaga a luz e o ar-condicionado, dizíamos. Quem restar, que entregue as chaves e avise que já se pode demolir o que sobrou.

Hoje, no entanto, o temporal que se forma no céu parece que vai aliviar o calor. Já está com cheiro de chuva e parece que vem de Perijá, da serra, porque é cheiro de verde, de montanha. O vento está ficando violento, é melhor fechar a porta do quarto de Elisa se eu não quiser ter que ficar varrendo água.

Tem cheiro de verde, Raúl, como se a gente tivesse um bosque na casa, você não sente?

Como se houvesse um rio descendo e, em vez de degraus, essa escada tivesse pedras úmidas. Me segura, Raúl, que vou cair.

Estou te sentindo, Raúl, você está quentinho, e se você está quentinho é porque você está aqui, porque quando eu sonho contigo você está sempre frio, por isso não gosto de sonhar contigo.

Me diz se é você, amor, me diz, que eu acho que agora sim é você.

Olha, Raúl, você vem com a chuva, olha, olha, as gotas estão começando a cair e tem cheiro de verde-escuro, é cheiro de pedra andina, de flores miúdas e de marmelada.

—Você está com fome, Chelita?

Claro que estou com fome, se desde que você não está eu não sinto o gosto das coisas.

— Vem que eu te seguro.

Eu sabia que você ia vir, amor, eu sabia.

— Faz tempo que eu queria vir. Mas do outro lado as coisas doem também.

Por que você decidiu vir hoje?

— Fecha a janela que vai entrar a chuva, e olha embaixo do travesseiro, tem uma coisa pra você.

O que é isso, Raúl? Cadê a Elisa?

— Agora é hora de lidar com isso, Chelita.

Me leva com você, ou eu mesma busco o caminho.

— Não fala essas coisas, a gente vai dar um jeito.

Nina vai me matar e eu vou deixar.

— Não duvida das ajudas que vêm chegando.

Você tinha razão, você e Nina sempre tiveram razão, eu engoli inteirinha a lorota dele, Raúl. Quantas vezes será que eu errei com Camilo?

— Todas.

Quantas vezes foi mais fácil botar a culpa na Nina?

— Muitas.

Nina me pediu uma coisa, Raúl, só uma, que cuidasse de Elisa, e eu me deixei ser tão nada, tão trapo sujo, tão sombra, que ela cansou de me ver e me ver sem que eu a visse.

— Jamais.

Temos que avisar Nina. Você acompanha ela?

— Sempre.

E essa chuva, Raúl, foi você?

— O que você acha?

Que chova forte, Raúl, tão, mas tão forte, que esse dia se desfaça e me desfaça junto.

Viajar para o exterior. Sair do país. Emigrar. Tudo soa tão glamouroso e importante. Ela achou que cruzando a fronteira teria uma sensação de estranheza quase automática, mas Valledupar é tão parecida com Punto Fijo, com Coro, com Machiques, que, em vez de ter viajado para outro país, parece que viajou para a Venezuela de uns anos atrás, quando não faltava luz e as prateleiras dos mercados não estavam vazias ou cheias de um único produto, um país em que, por mais falta que fizesse Camilo, havia uma Nina que ela achava incapaz de largá-la e uma avó divertida que a mimava, e havia um Raúl sendo avô e pai e tudo o que ela precisasse.

A morte, essa sim, deve ser o território estrangeiro, pensa Elisa. Morrer deve ser ir para muito longe. Embora, segundo a avó, seja o contrário. Morrer pode ser estar mais perto do que nunca. Tão perto que não é ao lado, nem atrás, nem à frente, senão dentro. Por momentos, ela sente que herdou o dom de Graciela. Às vezes, quando tem medo ou está triste, como agora, tem certeza de que Raúl está passeando dentro dela, desatando seus nós.

Pode ser apenas sua imaginação, mas também pode ser o dom. Embora ela não possa relatar cenas concretas, como as que conta sua avó, ainda há chance. A própria Graciela diz que ela só veio a se convencer já velha. Pode ser como essas doenças que só aparecem a partir de certa idade. A gente está com a coisa dentro e nem sabe. Morrer deve ser estar dentro dos outros que gostam da gente, mesmo que só alguns o percebam. Agora que você pensa sobre isso, não há nada de estranho nisso. Ou há muito pouco. Se Raúl estiver dentro dela, ele deve se sentir em casa. Graciela sabe dessas coisas, então deve ser verdade.

O verdadeiro território estranho é seu pai. Os fios brancos da barba, as frases feitas e o sotaque caraquenho, o corte de cabelo que ela não sabe há quanto tempo o acompanha, a curiosa escolha por aqueles óculos de sol esportivos, a facilidade com que abre a carteira e saem dólares; é para esse país que ela precisa de passaporte, não para a Colômbia. Algo nele ainda é lar, sua proximidade é quentinha e cheia de infância. Por isso ela o abraça tanto. De perto, ele é seu pai, o mesmo, não há dúvida, ainda poderia tirar-lhe o tapa-olho e beijar suas cicatrizes com a naturalidade que o tinha feito até seus sete anos. Mas quando se afasta um pouco e o cheiro íntimo de dissipa, se sente estranha. Como se em vez de ser seu pai, fosse um parente a que só viu em fotos. Então fica com aquela sensação esquisita que tem às vezes, de que tudo é de faz de conta e ela está flutuando acima, se olhando, se olhando enquanto olha para ele.

Você tá cansada?, ele pergunta.

Um pouco.

Você quer comer aqui ou prefere sair?

O restaurante do hotel é o melhor do bairro, diz a mulher que os atende enquanto entrega a chave do quarto.

O churrasco é um espetáculo. Podem pedir que levem para o quarto ou descer, como preferirem.

Camilo olha para Elisa, esperando, e ela assente. Prefere ficar. Está cansada, tem uma dorzinha de cabeça e a cidade não parece ser grande coisa, já o hotel é bonito, diz que é quatro estrelas, mas como ela jamais visitou um de cinco, nem sequer sabe o quão mais luxuoso poderia ser. Ela pega seu telefone e faz algumas fotos, porque não há como negar que o momento é memorável, apesar de tudo. Ou será melhor dizer que graças a isso?

Não vai postar nada, né, já sabe, diz Camilo.

Eu sei, ela responde. A culpa lhe esmaga a voz. O que ela mais queria era poder mandar fotos para Nina, estar tirando fotos junto com Nina nesse lugar. Mas é preciso seguir o plano, pelo bem dos três.

Ver tanto branco junto no quarto a deixa angustiada. Paredes, lençóis, travesseiros, sofá, cortinas, flores. Parece que vai sujar alguma coisa só de olhar. Mas se Camilo desaba na cama, sujo da estrada, impregnado com o cheiro de arroz com frango que parece que nunca vai sair daquela roupa, então ela também pode.

Esparramada na cama tão grande, tão confortável e perfumada, com a cabeça abraçada com perfeição pelo travesseiro que é quase do tamanho dela, Elisa pensa que tem que parar de pensar tanto em Nina e em Graciela e se deixar mimar, aproveitar o reencontro com esse pai tão bonito, divertido e salvador que agora está cantando Shakira enquanto toma banho.

Elisa olha para seu telefone e ali continua Nina, mordendo-lhe uma bochecha alguns anos atrás, na foto da tela de bloqueio. Falta pouco, pensa, enquanto a publicidade com sotaque colombiano na TV a lembra de que ela não está mais onde sua mãe lhe disse que ficasse, que a esperasse, que fosse forte pelas três. E se ela escrever para a dona Olga? Assim alguém vai saber o que dizer para Nina quando a notícia chegar, para que ao menos saiba qual é o plano e saiba que falta pouco para se encontrarem. Será? Não, isso não vai acontecer, porque Camilo teve a inteligente desconfiança de esconder o folheto onde estava a senha do wifi, e ainda bem, pensa Elisa, passado o ímpeto confessional.

Camilo continua cantando, agora menos festivo, entregue a um pot-pourri de Jorge Drexler. Nina estaria aqui corrigindo os horrores que ele está cantando na letra. *Cada uno da lo que recibe, luego recibe lo que da*, nas mãos de Camilo, se transformou em *Cada uno da lo que decide, luego decide lo que da*, e Elisa ri e ri com os disparates, quando sente que o mês se encurta e uma flor de sangue está se desenhando na cama imaculada. Agora entende a pontada na cabeça. Imóvel de vergonha, estica o pé para pegar a jaquetinha com que viajou, que está jogada na sua mala, ainda fechada, e a bota em cima. Tenta uma posição que pareça natural para ver TV enquanto briga com seu corpo traidor, que quer forçar uma intimidade que ainda não tem com seu pai. Ela precisa fazer com que ele saia do quarto para poder limpar o desastre, pensa, pensa, pensa.

A campainha toca antes que Camilo saia do banho. É um funcionário do hotel trazendo o churrasco mais inoportuno do mundo. A campainha insiste e Elisa não tem para onde fugir, amarra a jaqueta na cintura, cobre a mancha na cama com sua mala e abre a porta com um constrangimento indisfarçável. Tá tudo bem?, pergunta o funcionário ao reparar na expressão dela. Tudo ótimo. Elisa fecha a porta antes que o menino possa dizer algum eufemismo para pedir sua gorjeta. Ela se apressa para acomodar a comida na mesa do quarto enquanto Camilo sai do banho, limpinho e cheiroso.

A mala fica aqui, é para isso que serve esse trequinho, diz Camilo movendo a bagagem de Elisa até o suporte de malas e expondo a evidência de que, por mais que ela queira alongá-la para ele, para que o tempo de ausência não pareça demais, sua infância acabou. Ao menos a que corresponde ao corpo. Uma tocha. Uma brasa pudorosa. Isso é o rosto de Elisa.

Ela começou a menstruar faz seis meses. Sem pai e sem mãe. Nina começou a chorar quando ela contou. Deviam estar juntas, devia ter sido ela, e não uma Graciela cansada e apática, a lhe ensinar como botar o absorvente, quais eram as melhores marcas e por que era melhor usar os que tinham superfície de algodão.

Não fica assim, meu bem. Já vamos dar um jeito.

Camilo arranca os lençóis e os joga na banheira, como se fosse nada, como qualquer pai que se preze lavaria uma roupa vomitada ou mijada por uma criança e, com a tranquilidade dele, as cores do rosto e do peito de Elisa vão voltando ao normal.

Alô? A gente teve um probleminha aqui com a comida, vamos precisar de lençóis novos, Camilo fala no telefone enquanto pisca o olho para Elisa e o que poderia ter sido o ápice do vexame adolescente acaba se tornando um novo pacto de cumplicidade. Seu pai, esse danado, sabe tudo.

De banho tomado, alimentados e prontos para dormir, Elisa pergunta a que horas sai o avião para Bogotá. Camilo confere e diz que eles têm que estar no aeroporto às nove da manhã.

Você fica enjoado em avião?, ela pergunta para seu pai.

Não, nunca, diz Camilo enquanto corta as unhas do pé com uma flexibilidade que Elisa reconhece em si mesma.

E eu, será que vou enjoar?

Já aconteceu com você?, pergunta Camilo.

De ônibus, se tiver curvas, se eu não puder ver pela janela, se não tiver ventinho rosto...

E de avião?

São esses momentos, essas perguntas de recém-conhecido, as que doem.

Eu nunca viajei de avião.

Camilo olha para ela, o cortador de unhas em pausa na mão.

É verdade. Eu ainda te devo uma viagem para Disney.

Aham, Elisa murmura e engole uma reclamação de sete anos de antiguidade.

Eu te devo um monte de coisa, *chamita*, diz Camilo, que tira o tapa-olho e desliga a luz da mesinha.

Pai, você não ia botar um olho daqueles de vidro? Minha mãe disse que você ia fazer cirurgia.

Me arrependi.

Por quê?

Você prefere que eu bote?

Não sei, o que você prefere?, Elisa devolve a pergunta.

Para que ter um olho se não vou poder ver?

Verdade.

Elisa puxa a coberta e fecha os olhos, finge dormir. Não tem nada de sono. Tem vontade de conversar e conversar, porque quando conversa ou come ou faz qualquer coisa, esquece do bilhete que deixou para sua avó, que a essa altura já deve estar lendo ele para Nina, que deve estar magoada e preocupada e arrependida de tê-la deixado para trás, e Elisa queria ser punida, mas, para que valesse a pena, a continuação dessa punição teria que ser um abraço de corpo presente, o encontro de novela com que ela e Camilo estão contando.

Ela quer acreditar nessa possibilidade, mas a dúvida está corroendo seu entusiasmo. Elisa sabe que sua mãe, há algum tempo, estaria disposta a essas intensidades, mas essa Nina acabou um tanto quando o vô Raúl partiu, e terminou de amargar quando começaram a faltar a carne e os ovos na mesa. Ela não sabia que o grau de alegria de uma pessoa podia depender tanto da comida. Nessa nova Nina, as intensidades não tinham cara de reencontro e festa com muito merengue, *chatarritas* e *reggaeton*, como antes, mas de despedida tristíssima, acalmando o despeito com pão doce e café com leite.

Você não consegue dormir, né?

A voz de Camilo parece invadir seu pensamento. Ela é uma atriz tão ruim que não sabe sequer fingir que dorme, ou é que ele, como Nina, tem esse radar insólito para detectar tristeza e medo?

Você está nervosa?

Um pouquinho, responde.

Um pouquinho pouquinho ou um pouquinho muito?

Um pouquinho muito, e toda a adolescência que naquela tarde os intimidou com seus acidentes e revelações retrocede no tempo, abraçada ao pedacinho de bom pai pendurado em seu pescoço.

Elisa se aconchega ao lado de Camilo e chora em silêncio enquanto ele faz carinho em sua testa, enquanto seu corpo treme de pavor de que sua mãe tenha se acostumado tanto a estar sem ela ou esteja tão incomodada que decida deixá-la sozinha com Camilo e ela precise se conformar com seguir avulsa, e dessa vez em um lugar onde talvez nem saibam o que é pão doce.

Você não sabe o que fazer com a palidez nem com as mãos frias de sua filha nem com esses olhos tão carentes de mãe que se instalam no corpo de Elisa quando o avião decola. Você lembra que o limão é eficiente, que assoprar numa sacola de papel ajuda a recuperar o fôlego, que respirar fundo, fazendo uma exalação demorada, às vezes funciona. Você sabe isso da vida, dos filmes, da ioga que você fez algumas vezes no parque. Soluções genéricas.

Elisa e seus olhos carentes de remédios específicos, de manha aprendida no convívio, estão agora em suas mãos nada destras para essas diligências, e ela se torna de repente mais criança, mais criança do que nunca, um desamparo do tamanho dos sete anos que tinha quando você a desconheceu. Você e seu olho, em desespero, querendo ajudá-la sem saber o que fazer, como fazer, o que dizer, optam por buscar a aeromoça e deixar que ela resolva a situação com alguma bala ou água ou café ou com o que seja que se dê a uma criança que viaja com um inútil ao lado.

Pai, abre a janelinha do ar, gira ela para o meu rosto, ela te diz, antes que você consiga capturar a atenção da aeromoça. Você direciona o ar-condicionado e pega a revista da linha aérea que está no bolso da poltrona e a usa para abanar Elisa. Ela sorri, a satisfação do ensinamento. Você continua até que as náuseas vão diminuindo e chegam o sono e a calma dela. O bom de estar vivendo esse choque de intimidade e imersão é que vocês estão educando-se um sobre o outro com uma velocidade que você não tinha como prever.

Vocês chegam ao aeroporto El Dorado, em Bogotá, e ambos aprendem na farmácia que basta um comprimido de ondansetrona na ponta da língua para resolver as náuseas viajantes de Elisa e sobreviver ao seguinte voo, de Bogotá a Houston, sem acidentes eméticos. Isso é algo que Nina ainda não sabe, ponto para você, Camilo. O que Nina sabe é que há outras náuseas, outros vômitos e até febres que não precisam de carros nem de ônibus nem de aviões, mas de adeuses. Não precisa se preocupar, logo você vai aprender mais sobre isso. Por enquanto, são nove da manhã e vocês já estão em Houston, Texas, iu-es-ei, você diz para Elisa, palhaço, repetindo a frase que ela mesma disse, mas já não parece achar engraçada.

A esteira da bagagem é uma cobra lenta e traiçoeira que traz as coisas de todo mundo, menos as de vocês. Você trancou à chave a sensação de estar cometendo um crime e até agora estava se saindo bem, mas quando a bagagem demora você começa a imaginar que faltam segundos para que chegue o FBI e a CIA e o Sebin* e te cerquem como o sequestrador que você é, que já está começando a transpirar e a querer enfiar um dos comprimidos de Elisa na língua, já está querendo prever as declarações de Elisa, você a vê,

* Serviço Bolivariano de Inteligência Nacional. (N.E.)

com seu medo disfarçado de sono, e aceitando que você não faz a menor ideia do que ela diria, quando surge, pequenina e delatora, a malinha laranja de Elisa e, atrás, a sua. Duas bagagens minúsculas para uma fuga que pretende ser um começo do zero. O que Elisa trouxe? Você nem olhou a mala dela, nem ao menos se certificou de que ela não carregasse nada indevido, você deixou que lhe confiscassem uma colônia da bagagem de mão e você viu no rostinho dela que aquilo era muito mais do que uma colônia. Era da minha mãe, ela te disse. E até isso você tirou dela, a possibilidade de sua mãe a um cheirinho de distância.

O que você está fazendo aqui com ela? Crises radicais, soluções radicais, manipulações radicais. Você é um homem de grandes gestos e grandes acontecimentos, não sabe viver no rodapé sabendo que pode ocupar o título, você é protagonista, e os protagonistas se jogam de cabeça nas aventuras. Foi assim que você veio parar aqui, em um desses momentos em que a vida se ajeita para os três, que já foram três e três tinham que ser de novo, ou então que se vá tudo à merda de uma vez. Se vocês não voltaram a ser três por bem, quem sabe vocês o fazem por mal, talvez falte algo assim para Nina enfiar na cabeça que não há outra opção, Elisa é um vínculo irrevogável entre vocês, e vocês são uma mesma coisa, se completam, por isso a vida sempre os une, senão por que ambos têm tido um desfile de relacionamentos sem que nenhum chegasse a dar certo? Sempre havia uma Nina no horizonte, assim como sempre havia um Camilo, estropiado, mas um Camilo no horizonte, e ela sabia disso e por isso não ia embora de você para sempre.

É isso que você está fazendo agora, um dos seus grandes gestos. O maior deles. Você vai ligar para ela e vai ser ela a decidir se vai ser o sim e um abraço coletivo ou se vai ser o não e o quê, Camilo? O que você vai fazer se ela disser que não e comprar briga?

Você não a conhece? Claro que você a conhece, por isso está cagado de medo que ela veja o seu gesto como ela faz às vezes, como tramoias, golpes de Estado, manobras. Politicagem na rua, na mesa, na cama, como ela te disse um dia. Mas já houve tempos nos quais Nina soube seguir o seu jogo e via suas aventuras e suas irresponsabilidades como rebeldia, faísca inicial de toda essa bagunça em que se transformou a história de vocês. Você conhece Nina tão bem que exatamente por isso não sabe o que esperar dela.

Quem você não conhece, seja sua culpa ou não, é Elisa. O que você vai fazer quando acabar o feitiço em que você a meteu com seus planos onde tudo funciona de modo rápido, simples, fácil? Você vai mandá-la de volta? Vai devolvê-la como um produto defeituoso, como um cachorrinho que não aprende a mijar fora de casa ou um gato que estraga os seus móveis? Nunca mais, jamais. Não, não. Você acha que não. Talvez não. Vai depender dela. Quiçá sim.

O que você está fazendo aqui, neste lugar que você tanto renegou? Você está chegando como o filho pródigo, com o rabo entre as pernas, você está voltando para dizer que estava errado e pedir que te deem um cantinho no retrato de família do qual você próprio, com seus tudo ou nada, se recortou e, pedaço de papel solto, ficou sozinho, resto, falta. Você estava errado? É isso que você acha? Em quê, exatamente? Quais pontos da sua cartilha política você está disposto a riscar? Você estaria fazendo isso se Guaidó não tivesse feito o show dele? Você não pode nem começar a pensar nisso, porque isso te desmantela, você pegou o seu credo político, suas noções de política, sua trajetória política, botou tudo numa caixa e a deixou no quarto da bagunça, à mão, caso precise, mas escondida, enquanto estiver incomodando.

Você gosta de dirigir nesse país, sente que pode ficar mais tranquilo, pensar, pensar, pensar, enquanto pelo para-brisas do carro que você alugou passa a geografia proibida, o idioma antes declarado inimigo te dizendo que você está em uma autoestrada rica feita de pobrezas variadas, e começa a doer seu olho ausente, o pescoço que segura sua cabeça embotada, as mãos em punhos que nunca mais se erguerão. Elisa abaixa o vidro, talvez intuindo que seu corpo, como o dela, somatiza o medo, mas o ventinho te fere em vez de te curar, porque na pista do lado passa uma caminhonete adesivada com um Trump sorridente, e parece que aquele cabelo com a cor e o cheiro do enxofre sai da foto e ondeia com a brisa, histérico, bofeteando cada uma das fibras da sua moral supostamente revolucionária com seus fios loiros, sebosos como todo o dinheiro sujo dele.

Já podemos ligar para a minha mãe? Não, ainda não. Espera a gente chegar, pelo menos.

O problema é que você tem mais experiência indo embora do que chegando, e quando você diz chegar, não sabe bem onde nem quando. Chegar, para você, é parar de doer o olho fantasma. O buraco caloso onde a sua culpa montou acampamento.

Eles não estão em casa, diz o porteiro do condomínio fechado onde moram seus pais, um senhor com sotaque de algum lugar da América Central, imune à sua simpatia. Você tenta obter mais informações, mas o homem é um túmulo. Fosse venezuelano, colombiano ou cubano, já teria dado inclusive mais dados do que deveria. E se você ligar para sua irmã, a advogada, a que tem dois filhos?, pergunta Elisa. Sim, essa, isso é tudo o que Elisa sabe da sua tia. Onde você está?, a surpresa foge da privacidade do telefone. Você não sabe que dia é hoje? É o aniversário do seu pai. Claro que eu sei, por isso vim hoje. Estamos na casa da praia, ela te diz. Elisa está cansada, mas você vê seus olhinhos brilharem quando você repete, na praia, em Galveston? Claro, claro que o pai vai gostar da surpresa.

Pouco mais de uma hora de carro separa Houston de Galveston, mas é uma hora que se faz gigante, porque você lê no olhar radiográfico de Elisa, espraiado no território texano, uma expressão limite ente a admiração e o ressentimento. Vocês sempre foram ricos?, te pergunta, e você dá a resposta que tem engatilhada, pronta para ela e para tantos, eles que são ricos, não você, você é um assalariado. E sentada na caminhonete de luxo que você alugou com um cartão de crédito platinum, ela te olha com toda a ironia que cabe em suas pupilas. Só você para querer enrolar uma cria de Nina com uma piada dessas.

Quando chegam a Galveston, você já está mergulhado na vergonha alheia e na própria por ter pretendido manter a sua personagem de cheque especial e décimo terceiro frente ao luxo do condomínio de Houston e desse outro onde acabam de chegar, ainda mais luxuoso; vergonha de que a totalidade de funcionários seja latina, da opulência do pórtico e da cara de espanto com que agora seus pais te olham e olham para Elisa. Sua irmã não te falou que havia festa nem que a casa estava cheia de gente. Você e a neta que eles não conhecem chegaram de surpresa, e para todos é difícil fingir que é uma boa surpresa.

Sua mãe e sua irmã cumprimentam Elisa e tentam compensar com gentilezas e cortesias, como sempre, o desconforto que são você e seu pai, frente a frente, seus músculos rígidos, seu olhar em fuga, enquanto a palmadinha do seu pai cai fria e pesada em suas costas e seu beijo sem vontade quase não encosta na bochecha de Elisa, novo item na lista de decepções que você não cansa de causar nele. Sua mãe oferece a Elisa um lugar para ela se sentar, lhe oferece comida, lhe oferece água refrigerante suco, lhe oferece uma cama para descansar, é melhor descansar, vocês devem estar exaustos, né? A festa já está terminando, já vou recolher as coisas, ela diz enquanto toureia vocês em direção a um dos quartos para não ter que apresentá-los aos convidados, que só estão olhando a cena por conta do nervosismo da sua mãe, que age como se estivesse escondendo uma infidelidade.

E agora, vamos ligar? Ainda não. E quando, então? Depois, a gente nem terminou de chegar, vai tomar banho, melhor. Você não gosta do tom que a voz de Elisa começa a ter, mas vai precisar se acostumar, porque durante os próximos dias, enquanto durar a notícia e a negociação, você sabe que vai ser esse tom ou o silêncio.

Você achou que poderia ter uns minutos de paz, finalmente se deitando em uma cama confortável enquanto Elisa lava a fuga do corpo, mas o reencontro com o cheiro dos lençóis e as toalhas da sua família, que pode estar na Venezuela ou nos Estados Unidos ou no Japão e têm sempre o mesmo cheiro, te faz sentir automaticamente em família, o que no seu caso é a mesma coisa que dizer fora de lugar, tão, tão fora, que mal passaram dez minutos e a sua mãe já está na porta com aquele olhar de supremacia moral, mas Camilo, o que é que você tem na cabeça?

Cada sílaba bem-marcada, cada verbo bem conjugado, como sempre, porque deusolivre se ela soar como o povão. Onde está Nina? Longe. Longe onde, não está na Venezuela? Longe, longe. E qual é o plano? Ela vai vir para cá? Não sei. Vamos ver o que ela diz, mãe, depois a gente se fala, estou cansado. Eu não entendo, Camilo. Ela ainda não sabe que você está aqui?

Esqueci de pegar a roupa, diz Elisa saindo do banheiro, o corpo envolto em uma toalha, e te vê ali, sentado na cama, um ser diminuto e irresponsável, asfixiado pelo interrogatório, nem rastros do pai todo-poderoso que a convidou para esta aventura. Nina sabe que você trouxe a menina? Elisa te olha e você a evita, está ocupado tentando segurar o grito que sai do seu estômago e já é tarde, Nina não precisa saber de porra nenhuma, foda-se a Nina, desde quando você dá importância para o que Nina diz? Ela não era uma puta molambenta, uma chavista de merda, uma vadia, uma ignorante?

Com os gritos, chega seu pai, essa mulher é isso tudo e até mais, é ele quem responde, mas se você trouxe a menina sem autorização dela, você está muito mais perdido do que sua mãe e eu pensávamos. Sua mãe está sentada num canto da cama, o torso encolhido de vergonha não tão alheia, te desconhecendo mais uma vez e te perguntando como você é capaz de fazer uma coisa dessas com a Nina? Como você fez para tirar a Elisa do país?

Tirando, dando um jeito. Dando qual jeito, Camilo?, pergunta o seu pai. Dando qual jeito, trapaceando, sequestrando essa menina? Ah, por favor, pai, você diz, com o verbo ricocheteando no oco do olho ausente. Você sequestrou essa menina?, ele insiste em perguntar, como se Elisa não estivesse no quarto, e você sente no tom dele um desprezo por você, por Nina e por Elisa, "essa mulher" e "essa menina", cujos nomes ele nem se dá ao trabalho de pronunciar; por sua vida e por sua morte, que não termina de acontecer; e nesse fogo cruzado você vê Elisa, imóvel, com a roupa na mão e a toalha lhe vestindo o corpo agora trêmulo, molhado do banho e de lágrimas, toda sua pele cheia de manchas vermelhas, todo seu corpo uma náusea, que te olha assustada e para quem você olha assustado, e nesse susto um vínculo vacila.

Desse jeito a gente não quer você aqui. Quando você quiser fazer as coisas bem-feitas, a gente se fala. Mas desse jeito, na marra, a gente não quer que você volte. Não conte mais conosco, seu pai conclui, e sua mãe chora, você não sabe se de tristeza ou de alívio, por essas palavras terem sido ditas sem necessidade de ela mesma tê-las pronunciado. O problema que você não teve na imigração você teve aqui, com a sua família, com os seus pais e os seus irmãos, que optam por não se meter, como se você fosse um estranho; a verdade é que você é e vai seguir sendo, agora que quis voltar e foram eles, e não os gringos, que te fecharam a porta na cara.

Você é tão ousado, tão ousadamente trouxa, você é um pedaço de merda que se acha diferente dessa gente rica e é tão arrogante quanto eles, você se acha diferente dos seus ex-companheiros de partido, mas olhe para você, um rato que abandonou o barco, um rato oportunista, puxando o saco dessa gente rica, você se acha melhor que Nina, e você sabe muito bem o que você fez com ela, o que você continua fazendo com ela. Não fica assim, pai, Elisa interrompe sua tentativa de sufocar a ira e o choro no travesseiro, e você quer se acalmar, mas onde está meu telefone?, ela te pergunta, você está com ele?, e agora que as coisas foram chamadas pelo seu nome e ela é tão refém, tão butim de guerra, você só pode confessar a ela as letras pequenas do contrato. Sim, eu estou com o seu telefone e ele vai ficar comigo. Eu que vou falar com a Nina, não você. Sua mãe não vai falar com você até ela vir pra cá.

O QUARTO DIA DE NINA no campus não amanheceu com o sol público de verão, mas com uma bomba particular, feita sob sua exata medida, e Nina esqueceu tudo, segredo, vigias, silêncio, não se pode dizer que mandou tudo à merda porque não deu tempo de pensar em nada, nada que fizesse frente à notícia tão impossível e ao mesmo tempo tão previsível, tão Camilo, quantas vezes Nina havia sido pessimista e havia acertado quando se tratava de Camilo e dos limites que faltavam a ele, e agora o limite mais sagrado tinha sido cruzado ao mesmo tempo que uma filha cruzava fronteiras sob o feitiço de um pai que fazia muito bem o papel de bom pai, pai ausente por motivos sempre alheios a ele, motivos com nome de acontecimentos, como disparo e atentado; nomes de cidades e trabalho, como Caracas e ministério; nomes de mulher, como Nina, dona do telefone que fazia três dias esperava notícias de casa, seu país às escuras, e quando as recebeu quis não as ter recebido porque "Elisa foi embora com Camilo" e "Camilo tirou ela do país" foram formulações que devastaram seus sentidos a ponto de fazê-la sair correndo da salinha, atravessar o corredor ainda deserto e berrar no saguão do prédio oito, à procura de alguma outra alma a quem pedir algo, alguma coisa que ela não sabia pedir, e no entanto se viu pedindo clamando exigindo, agarrada à grade, uma versão imigrante e *okupa* de Luz Caraballo, aquela mulher enlouquecida das montanhas de Mérida que chorava pelos filhos, e ia vendo como, sem Elisa para tocar, um, dois, três, quatro, cinco, iam ficando feios os dedos de suas mãos, e, entre grito e choro hispano, quis explicar para os vigias que sua filha tinha sido roubada, mas os seguranças só queriam saber quem ela era, o que ela estava fazendo ali, por que os sofás da salinha de estudos tinham sido transformados numa cama, por que ela tinha uma carteirinha de estudante com um nome e um passaporte venezuelano com outro, por que havia roupa de mulher secando em cima das mesas, e quanto mais gente chegava, mais perguntas faziam e menos ela respondia, Elisa, Elisa, Elisa, ele levou a Elisa, era só o que ela sabia dizer, foi isso que Sandra a escutou dizer quando chegou e encontrou o caos montado e teve que interceder por ela e tentar acalmar a fofoca para que ficasse por isso, fofoca, história curiosa e comovente, em vez de ir parar em polícia e deportação, embora estar no Brasil ou voltar para a Venezuela não tivesse a menor importância para Nina nessa hora neurótica assassina maldita, agora você vai ver, Camilo, agora sim.

Quando Nina enfim conseguiu falar e explicar para Sandra o que tinha acontecido, as consequências tomaram um rumo menos amargo, com um círculo cada vez maior de professores, funcionários e estudantes curiosos ao redor dela, alguns deles já oferecendo ajuda e até alguma lágrima solidária, outros, a minoria, incomodados com o tamanho da compreensão que a invasora recebia e que não cabia dentro deles, como dentro da mochila de Nina os vigias não conseguiam fazer caber tanta coisa, uma bagagem tão cheia de história que nem camisetas nem calcinhas entravam jamais, e teve que ir a própria Nina de volta à salinha para recolher sua bagunça, ainda que não houvesse organização capaz de tirar do espaço universitário a marca de ter sido um refúgio, tão longe de suas funções, tão cheio dessa matéria de que o mundo lá fora, tão desgraçado, é feito.

Deitada de bruços, posição que, segundo Graciela, curava as dores de estômago, Nina tentava lembrar para quem mais ela podia ligar, depois de ter recebido estupores e grosserias por telefone que iam do eu não acredito que ele fez isso ao bem feito, passando por esse homem pirou e tomara que eles não voltem nunca mais, sua desgraçada, sem que nenhuma conversa, se é que todas podiam ser chamadas de conversa, lhe tivesse trazido alguma informação que fizesse valer a pena a dívida telefônica adquirida com Sandra e Horácio, dois faróis que cruzaram o caminho dela e que, neta e filho e de imigrantes, tinham forjado uns corações propensos a esses resgates.

Sua barriga doía e Nina começava a pensar que Graciela a havia enganado, porque nada resolvia a pedra pesada comprimindo a boca do estômago, mas talvez a posição resolvesse dores quando a origem era o corpo, uma comida que não caiu bem, uma intoxicação alimentar, uma virose, e não as dores que vinham de repassar uma e outra vez imagens como a que a levou, em última instância, a estar naquela situação. O cós. Ela estava sentada no chão com Elisa, ajudando-a a fazer um cartaz para uma exposição na escola, uma fotossíntese em EVA, quando Elisa se levantou para pegar água e Nina viu que a calça dela tinha baixado até metade da bunda, vem cá, esse elástico estragou tão rápido? O que foi?, perguntou Elisa. Sua calça está caindo. Ah, é. Eu estou mais magrinha, mais atlética, mais elegante, disse Elisa modelando, forçando um bom humor, como se os quilos perdidos fossem motivo de comemoração e não, não havia nada que comemorar, e não, não era o elástico, que estava novinho, era perda de peso onde devia ter aumento, era um corpo de doze anos que precisava de uma boa alimentação, com carne e ovo e frutas e lanchinhos e Toddynho à vontade em vez das equações exaustivas que ela e Graciela faziam para esticar a comida ao máximo, porque entre as prateleiras vazias das lojas e a conta bancária cheia de dígitos e mais dígitos que não davam para comprar um mísero frango, cada refeição feita era uma batalha vencida. No momento em que os adolescentes crescem como capim, Elisa estava perdendo peso e saúde, e foi essa constatação, o cós da calça de Elisa, o que a fez dizer chega.

Ela pensou muito antes de procurar Camilo. Fazia muito tempo que ele não se responsabilizava por nada relacionado a Elisa, como se Elisa tivesse assinado o divórcio junto com ela, vocês estão comigo ou sem mim, ele havia dito desde a separação, e mesmo que, ao contrário do que acontecia com todas suas promessas, essa ameaça ele tivesse cumprido, Nina pensou que a imagem de sua filha malnutrida teria tanto efeito em Camilo como havia tido nela, que agora passava os dias querendo medir a menina, vendo ou imaginando suas omoplatas e seus ombros e seus joelhos cada vez mais ossudos. Mas ela pensou errado. Agora sim você quer ajuda, né? Agora sim sou útil? Que as coisas não funcionavam assim, ele disse, que se queriam o dinheiro dele, tinham que estar com ele, que eles eram família ou não eram nada, que sua paternidade não podia se resumir a dar dinheiro, e quando Nina falou de obrigações e de advogados, ele a lembrou daquilo que ele sempre a lembrava, que havia sido ela a artífice da separação, que ele não queria, não podia, não suportava ter que ver Elisa sob a supervisão de ninguém, como ela havia começado a exigir após o episódio no funeral de Chávez; se queriam tratá-lo como um irresponsável, então não viessem falar em advogados nem pedir grana, porque os irresponsáveis não sabiam de uma coisa nem da outra. O que você quer de mim, Camilo? O que você espera? Que você volte. Que a gente volte a estar os três juntos. Eu já estou melhor, muito melhor. Vem pra cá e para de passar perrengue, mas como dizer que sim a isso, se antes desses perrengues chamados a pátria houve tantos perrengues chamados Camilo, e Nina não podia seguir fazendo malabarismos entre ambos, então dava jeito de continuar sozinha, como sempre tinha feito, mas era Venezuela, era 2018, era uma inflação de 130.060%, era ter que juntar duzentos e vinte salários-mínimos para comprar a cesta básica. Camilo se fazia de desentendido porque o salário dele estava longe de ser o mínimo e, ainda que o fosse, ele mantinha o colete salva-vidas debaixo de sua poltrona revolucionária. Ele se fazia de cego, porque na Caracas dele, que ia do apartamento em Bello Monte ao escritório em Sábana Grande, o legado de Chávez tinha que ser defendido mais do que nunca porque estava sob ataques de fora e de dentro, havia que ter consciência do momento histórico, e quanto mais os esmagava o momento histórico, mais dura tinha que ser a resistência para que mais histórico fosse, tão histórico como sua deserção de uns meses depois, maldito chavista, maldito politiqueiro, maldito traidor. Já na Maracaibo de Nina, os ataques eram de dentro e de fora e a maioria eram autoinfligidos, e, de onde quer que viessem, eram tantos que agora parecia que se vivia entre os escombros, e o dia dela passou a ser andar de mercado em mercado, de armazém em armazém, buscando o que houvesse, ao preço que desse no momento, para poder ter o que comer, e antes de poder fazer essa via-crúcis, tinha que tentar vender os bolos, doces, pastéis, o que tivesse sido possível fazer com o que tivessem achado; vendas que no início Graciela resolvia num piscar de olhos na universidade, mas agora nem suas colegas secretárias nem os professores tinham como bancar o luxo de gastos supérfluos, porque os escombros já não estavam respeitando classes docentes nem glamoures nem níveis acadêmicos e, ainda que alguns ganhassem quase três vezes o salário-mínimo, isso não significava nada mais do que um grau levemente menor de pobreza, pois mesmo um professor universitário da mais alta classe precisava mais de setenta salários para comprar o básico do básico.

Dessa Maracaibo em que sua filha e seu porvir mirravam em vez de crescer, Nina foi embora e acabou de bruços, choramingando na cama de uns quase desconhecidos, sem ter ideia de qual seria seu passo seguinte, até que as instruções chegaram claras e firmes, como um slogan, na voz de Camilo, uma chamada de longa distância com o prefixo +1, só falta você, o que me diz? O que eu te digo, filho da puta? Te digo que você pode ir à merda, pensou Nina, porque não havia mais nada que se pudesse pensar frente a uma cara de pau dessas, Camilo perguntava aquilo como se a estivesse convidando para um fim de semana na praia, como se, em vez de passado, eles tivessem futuro, e não podia ser sério isso que ela estava ouvindo, tinha que ser os desequilíbrios de Camilo falando por Camilo, se apoderando dele, que declarava e pedia amor como se em vez de punição merecesse essa oportunidade, uma oportunidade de treze anos, unhas roídas e pele nervosa, que já estava ganhando peso, altura, argumentos, e herdando estratégias que, ela precisava reconhecer, eram terríveis, mas eficientes. O que você me diz? É só você me dizer a data que eu te compro a passagem até o México e de lá eu já tenho como te trazer até aqui, ele disse com sua habitual confiança, uma promessa de campanha, só falta você, o que você nos diz?, esse nós parecia pisar em cima da pedra que Nina tinha na boca do estômago, passa o telefone para a Elisa, Camilo, eu preciso falar com ela, mas essa era uma necessidade que não seria saciada, porque não, Nina, você não vai ver nem ouvir Elisa até você estar aqui, e se quiser brigar e fazer escândalo, pode fazer, você sabe bem que vai dar na mesma, ele disse, com enorme certeza da impunidade, pensa numa data e me diz, uma prepotência que vinha de berço e de carreira, a gente está te esperando, um autoritarismo já tão natural, e vê se não demora muito, vai que a gente cansa, uma réplica íntima do estilo nacional, a gente se vê, sim, Camilo, nos vemos, nos esquartejamos, nos canibalizamos, atiramos um no outro, o que fazer com tanta fúria, com tão quente o sangue, com tão formigante a ira, uma raiva que extrapolava seu corpo e se estendia pelo apartamento de Sandra e pelo prédio e por todo bairro Menino Deus e pela avenida Praia de Belas e pela Orla do Guaíba e crescia como um fio de tinta sujando a cidade inteira e saía rumo ao noroeste do continente, lambendo cidades, rios, dialetos, como uma pichação insana e monumental que chegava ao Lago de Maracaibo e se confundia com os derramamentos de petróleo que agora pareciam notícia diária, e era uma raiva que, apesar de incomensurável, chegando lá tornava-se só mais uma, mais uma raiva que se diluía naquelas águas envenenadas. Uma raiva de mea-culpa por tanta miopia, pelas decisões pessoais, familiares, vizinhais, cidadãs que a levaram até esse momento, por sua contribuição operária e coletiva à versão nacional do panfleto do materialismo histórico e a carência histórica e a tragédia da direita histórica e a aventura cíclica da esquerda histórica e a opressão histórica e o melodrama histórico enraizados a ponto de se agarrar a um líder como a uma tábua de salvação, de escutar um homem e desejá-lo infalível, incontestável, pela vontade desesperada de acreditar no regresso do Messias, porque esse resgate é mais elementar e mais heroico e mais fácil de contar e cabe na fé desmedida dos ateus que acreditam que pode haver paraíso aqui na Terra, um cenário tão improvável quanto a vida eterna. Por esse desejo inflexível de viver o grande momento da mudança histórica e histriônica, adoraram um homem ao ponto de inflar bonecos de vinte metros com sua imagem e se convenceram de que não havia nada mais normal do que construir, pedrinha por pedrinha, um totem em cadeia televisiva nacional, com o *Gloria al bravo pueblo** de fundo, porque como eram eficientes os hinos e as sinfonias e os coros e as palavras de ordem ditas por milhares em meio à *marea roja rojita* e em meio aos lençóis em que ela e Camilo se enroscavam bêbados de orgulho e agitação por seus méritos na construção da Quinta República, como era gostosa e acolhedora essa certeza de estar do lado correto da história, como eram emocionantes e persuasivos os punhos erguidos em coreografia e o punho de Camilo e as coreografias de seu corpo entrando nela e ela querendo mais, sempre mais, sempre mais, e como doía e como explodia nos pés essa bomba que era ter gastado fôlego para inflar tantos bonecos dentro e fora de casa e haver guardado tantos silêncios em nome de entender o momento histórico atrás de outro entender o momento histórico, sem se perguntar o que era exatamente um caralho de um momento histórico e quem decidia o que era histórico e o que não, quem decidia onde terminava a história de um país e começava a de uma família, como pesava haver-se rendido à unanimidade como uma vocação ou um dever, e agora saber que já era tarde, agora, como dizia aquele poema de Roque Dalton de que Camilo tanto gostava, agora era tarde, agora a ternura não bastava, agora ela havia provado o sabor da pólvora e agora a

* Hino nacional venezuelano. (N.E.)

pólvora era bolivariana e era um impensável Camilo apóstata quem a usava para explodir a vida dela.

Ele a estava a punindo por renunciar, por não se conformar com o estoicismo que era aquilo de morrer lutando uma luta que não era mais sua, ao mesmo tempo que ele renunciava sem ter ao menos a coragem de dizer para o mundo o que ele estava fazendo, depois de tanto encher a boca com A Luta, A Luta, A Luta, e é que onde aconteceu A Luta não havia espaço para novas lutas porque A Luta já tinha dono e uniforme, tinha ídolos e hall da fama, A Luta estava escrita em uma letra maiúscula pesada, antiga, masculina e férrea. Ainda que não tivesse mais nada por dentro, A Luta era A Luta e essa Luta bem vestidinha e bem alimentadinha no Palácio de Miraflores não se importava com o fato de que uma mulher anônima que a ajudou a existir estivesse morando escondida em uma universidade brasileira, longe de tudo o que era importante para ela, não, A Luta não queria ter nada a ver com traidores, os dissidentes eram piores do que os inimigos tradicionais, porque mesmo conhecendo-a tão bem, se atreviam a julgar a história imperturbável do socialismo mundial e sua hagiografia particular; eram muito piores porque não entendiam, depois de vinte anos e tantas capacitações e jornadas de conscientização e cursos da Frente Francisco de Miranda, ainda não haviam entendido o momento histórico, e eles podiam enfiar esse seu momento-desabamento-histórico que já durava duas décadas em seus soberaníssimos e revolucionaríssimos cus, pensou Nina, encolhida no abraço de Sandra, pensando na aleatoriedade do que poderia ter acontecido se, em 1999, houvesse sido eleita Irene Sáez, se ela não tivesse desistido; se essa cientista política ex-rainha da beleza universal tivesse se tornado a primeira mulher presidenta da República, com certeza hoje as crises do país e de Nina seriam crises, mas seriam outras, mas então Elisa não existiria, porque Elisa só foi possível porque A Luta existiu, porque ela e Camilo se encontraram nas ruas quando a revolução era uma promessa jovem e linda, então era melhor chorar e pensar que viriam outros tempos menos desgraçados, porque Nina não sabia como começar a imaginar um mundo onde Elisa não existia e não tinha cinco aninhos e não saía correndo pelada pela casa com as calcinhas na cabeça cantando com ela *Don't stop me now* ou *Another one bites the dust*, dois hinos que agora pareciam caçoar dela, que não podia estar mais estagnada nem comendo mais poeira.

PARTE IV

Você que é o adulto, Camilo, você, Nina disse para o pai quando aconteceu o que aconteceu com ela no funeral de Chávez, você que é o adulto. Dentre as coisas que Elisa lembra daquele dia, essa é a mais permanente, a que mais volta, o olhar furioso de Nina brigando com Camilo por ter descuidado dela, porque depois desse olhar não houve mais Camilo por perto. Nesse dia, ela se despediu de Chávez e de seu pai.

Ela havia chegado feliz ao velório, e volta e meia Nina pedia que parasse com a folia, que lembrasse onde eles estavam, que não faltasse com o respeito ao presidente. A morte de Chávez a entristecia tanto quanto podia entristecer a quem tem sete anos e não sabe o que é a morte nem quais são seus rituais. Ela, diferente de seus pais, não conseguia conter a alegria de saber que na noite anterior Nina e Camilo tinham se reconciliado após dois anos separados e mal-humorados, uma reconciliação tão efêmera que nem deu tempo de acreditar nela.

Hugo Rafael Chávez Frias foi o primeiro cadáver que Elisa viu, e seu funeral o primeiro a que ela foi. Um acontecimento colossal, uma multidão tão grande que ela só tem referências felizes para compará-la, como aquele show do Queen em que Freddy estava usando regata branca e jeans clarinho, ou como aquele outro show bem hippie em que se apresentaram Santana, Jimi Hendrix e um monte de gente.

Era isso mesmo, só que com gente triste vestida de vermelho, uma tristeza que dançava e cantava e, em vez de palco, havia uma sala com o Comandante em um caixão; em vez de uma massa de gente pulando, havia filas e filas e filas, filas como ela nunca tinha visto, filas de fãs, esses sim parecidos com os dos shows, vestidos como as pessoas se vestiam para ir aos comícios, fotos de Chávez por todos os cantos e, mais que tudo, os olhos de Chávez em camisetas, bandanas, bandeiras, cartazes, brincos, bonés, jaquetas, milhões de olhos que a fitavam de todas partes.

Do lado de dentro estava ele, um caixão grande rodeado de um monte de gente importante e militares com roupas esquisitas. Havia um que parecia ter uma tampa de vaso sanitário amarrada às costas. Não parece, mãe? Nina fez sinal para ela ficar calada e, como Elisa continuava fixada no cadete com sua tampa de vaso, acabou lhe explicando que aquilo era uma mochila de acampar, que esse era o uniforme de gala. Elisa seguiu o olhando atenta, porque continuava sem entender nada. Por que alguém iria precisar acampar de repente dentro da Academia Militar, onde tudo era mármore e com colunas gigantes? Talvez já estivessem prevendo que com tanta gente seria difícil voltar para suas casas e teriam que dormir lá, com o mortinho, um mortinho tão amado que todos tinham cara de que fariam isso com prazer.

Camilo com certeza o faria. Estava desolado, ele, que, até onde Elisa sabia, não era muito apegado à família — ela nem conhecia seus avós —, chorava como se tivesse perdido um pai. Elisa o via oscilar entre o sorriso cúmplice com Nina, recém-reconquistada, e o choro amargo toda vez que chegava algum amigo deles, amigos d'A Luta, que ela sempre imaginava sem as metáforas que a compunham; para ela eram lutas reais, combates de guerra, com trincheiras e granadas e balas atravessando cabeças como a de seu pai, seu herói particular naqueles anos.

Ficou o dia todo pulando da mão de Nina para a mão de Camilo, dos amigos de um para os amigos do outro e para os amigos de ambos, coisa que ela adorava, sobretudo quando alguém percebia que Nina e Camilo tinham se acertado e comentava alguma impertinência divertida, mas a diversão também cansa, ainda mais quando precisa ser disfarçada.

Vou dar tchau para Anita, disse Nina, fica de olho na Elisa, já encontro vocês, a gente se vê na barraquinha de cachorro-quente. Estavam indo nessa direção quando Camilo encontrou um fulano e começaram a falar e a chorar e a se abraçar, *patria, socialismo o muerte*, e ela, vendo o mundo da altura da cintura de um adulto médio, se viu solta da mão de seu pai, presa em uma maré de pernas e barrigas diversas e ao mesmo tempo todas iguais, jeans e camiseta vermelha, jeans e camiseta vermelha, e os olhos de Chávez que não a cuidaram quando uma mão pegou a mão dela, uma mão áspera e alheia, que a puxou contra a corrente.

Elisa se lembra de chorar e chorar e chamar por Camilo, mas as pessoas deviam pensar que aquele estranho era seu pai e que o que estava acontecendo não era pânico, mas pirraça, e ela apenas se lembra do toque áspero e alheio daquela mão, do cabelo grisalho e seboso do homem que não era seu pai, das barrigas impávidas que passavam por ela sem a menor intenção de salvá-la.

Elisa não sabe quanto tempo se passou nem se o cansaço que sentiu depois foi porque o homem a fez caminhar muito ou porque foi muito o esforço birrento que ela fez até que, já saindo do bololô, na área onde estavam os transportes estacionados, o motorista do ônibus que as levara até Caracas a reconheceu e começou a gritar com o homem, que de imediato a soltou e foi correndo em direção à multidão uniformizada onde nunca, jamais poderia ser reconhecido. Você que é o adulto, Camilo, você, repetiu sua mãe sem parar, amalgamada com ela em um abraço trêmulo, quando ele teve a ousadia de botar a culpa em Elisa por soltar sua mão.

Agora ela está com treze anos, já não vê o mundo da cintura, mas do esterno das pessoas, e o adulto continua sendo Camilo, mas ele continua soltando sua mão. Já se passaram três semanas desde que chegaram e tiveram que ir para uma pousada, um *bed and breakfast* pertinho da praia que ela não pode visitar sozinha porque não pode sair sozinha. Camilo nunca quer deixar o quarto, diz que está indisposto, que talvez esteja com anemia de novo, então quase sempre ela fica sozinha fazendo vários nadas.

Ela viajou todo um monte de quilômetros, por terra e por ar, para acabar assim, outra vez cuidando de gente triste, que parecidos são os tristes, ela gostaria de poder ser triste como Graciela ou Camilo, mas não pode, ela é filha de Nina e não sabe fazer isso de ficar jogada esperando a morte. De novo, ainda que em inglês e com dinheiro, está tendo que brincar de ser adulta, quando tudo o que ela quer é que a deixem ter a sua idade em vez de lidar com fugas e divórcios e sequestros. Que coisa ridícula chamarem de sequestro isso que Camilo propôs e que ela aceitou fazer. Que estranhos são os avós dela, que estranhos e que ricos.

O melhor momento de sua vida é quando as gêmeas, filhas do dono da pousada, descem para a piscina. As três se bronzeiam juntas, maltratando o inglês e o espanhol para chegar ao entendimento básico, o território comum mínimo que têm lhes permitido entender que é Elisa quem cuida de tudo. É ela que pede comida e faxina no quarto, que manda a roupa para lavar e reclama da qualidade do sinal da TV a cabo. Enquanto isso, Camilo, o pai, apenas recebe e paga as contas no seu cartão de crédito. Sem essa única prova de sua existência, as gêmeas apostariam que ele era apenas uma ficção dessa menina venezuelana tão destemida.

Mas a adultice de Elisa termina aí, nas fronteiras da piscina do hotel, nas palmeiras que antecedem a cerca, no pórtico, com suas luzinhas bonitas, no quadrado de mar que ela consegue ver da janela. O outro quadrado de mundo possível, a outra janela, ela perdeu quando chegaram no hotel. Entrou para tomar banho e ao sair viu seu telefone todo estilhaçado. Mais cinco oito quatro vinte e dois seis onze zero nove quatro quatro, o número de telefone de Nina está em sua cabeça como um conjuro. Foi um acidente, Camilo disse. Mais cinco oito quatro vinte e dois seis onze zero nove quatro quatro. Um desses acidentes convenientes, continuação de "sua mãe não vai falar com você até ela vir aqui". Mais cinco oito quatro vinte e dois seis onze zero nove quatro quatro. Veremos, pensou Elisa.

Talvez seus avós não sejam tão estranhos, talvez eles simplesmente não tenham medo de dar nome às coisas. A suposta maturidade de Elisa não combina com o desamparo que a faz ficar o dia inteiro na piscina, submersa quando a vontade de chorar é muita, tomando sol quando a vontade de chorar passa. Nina está pensando, isso é tudo o que ela sabe. Enquanto sua mãe pensa, ela apazigua a espera com sol. Está bronzeada como nunca, é um feijão vermelho.

Seu pai é fantástico, lhe diz a voz do Google Tradutor, sob o comando de Lauren, uma das gêmeas, a mais simpática, mas, onde tá a sua mãe? Elisa pega o telefone e está começando a teclear, pensa se deve dar alguma resposta evasiva ou se é hora de pedir um sos e ver o que acontece, quando Louise, a outra gêmea, grita da escada, *Grandpa woke up! He woke up!*

Lauren sai correndo eufórica, o avô estava no hospital e o prognóstico não era bom, de modo que ele ter acordado é uma notícia estupenda. É também o empurrão que Elisa está precisando, um pedido de socorro sem escândalo e a um WhatsApp de distância, porque o telefone da amiga continua em suas mãos.

Mais cinco oito quatro vinte e dois seis onze zero nove quatro quatro. Guarda o número de Nina entre os contatos. Manda um áudio baixinho e choroso, mãe, eu sei que você está muito magoada, mas você precisa vir, por favor, vem pra cá. A exigência assim, seca, depois de tudo o que aconteceu e como aconteceu, a faz se sentir estranha, malcriada, ainda que nesse momento não saiba defini-lo.

Ela sabe que Lauren não tarda em voltar para pegar seu telefone, não há evento que afaste uma adolescente de seu celular por mais do que alguns minutos. Então aposta tudo, e a sensação de malcriadez torna-se delação, agora ela se move entre traições, não há como ser amigo de deus e do diabo, se não se sabe quem é deus e quem é o diabo, porque parece que eles se revezam: Camilo não deixa eu falar com você. Esse telefone é de uma amiga. Mamãe, me perdoa.

Pronto, está feito, seja uma saída ou seja ainda mais dano, está feito. Antes de devolver o telefone, ela apaga as mensagens, que ainda não foram escutadas quando Lauren chega correndo para buscar o aparelho e poder postar o acontecimento familiar. *He really woke up, he's fine,* ela diz, e Elisa a olha sem entender, até que o tradutor conta que houve uma ressureição e Elisa se alegra, pelas gêmeas e por ela mesma, pois uma volta dessas tem que ser um bom presságio.

De volta ao quarto, ela encontra Camilo no banheiro, de barba feita, sorridente, uma imagem que dói nela, porque enquanto estava pedindo resgate, seu pai havia feito um esforço de entusiasmo. Vamos jantar com os seus avós, ele diz, e Elisa se sente um pouco melhor de que essa recuperação não tenha sido uma tentativa de cumprir seu papel de bom pai, mas uma reação de filho, Elisa pensa e ri, um homem desse tamanho choramingando pelos pais.

Estamos bem, Nina está se organizando para vir, ele diz. Estamos bem, já estou conversando com umas imobiliárias em Houston, estou procurando algo perto de Katy, Elisa gostou das fotos. Estamos bem, sim, Elisa está usando protetor solar suficiente. Elisa mantém a boca fechada porque quem tem vocação para o teatro na família é Nina, e ela não herdou esses genes, se as perguntas fossem dirigidas a ela, vomitaria um não, não e não, é claro que não, porque não ia querer embelezar a realidade para essa mulher a quem deve chamar de vó, cujo olhar a faz se sentir tão desconfortável.

Hoje a gentileza do susto da chegada foi substituída por um deliberado exame da Elisa. Ela se sente coisa mínima, micróbio raro sob os olhos de lupa de uma senhora que há dez minutos está escolhendo um vinho em vez de pegar qualquer um e bebê-lo bem rápido, como se fosse água, que é o que ela precisa, na verdade, ficar bem bêbada, para ver se fica menos perua.

Ela pensa em Raúl, em quem seria seu avô naquela mesa, quem seriam Nina e Graciela no meio daquela gente, quem é Camilo na família dele, quem era Camilo na família dela. É difícil fazer encaixar seu pai, parece que ele não cabe em lugar nenhum. Pai, esposo, filho, irmão, herdeiro, funcionário público, político, militante, uma ampla coleção de perdas e desistências, e embora algumas tivessem acontecido há muito tempo, as feridas pareciam tão recentes que nem podiam ser mencionadas sem que a anemia de Camilo piorasse. A anemia, ou a gripe, ou a virose, ou seja qual fosse o mal que estivesse mantendo seu pai embaixo das cobertas no momento.

O lugar de seu pai, esse homem nervoso que ataca os camarões empanados com uma ânsia que está enervando a própria mãe, é a fuga. Camilo deve ser esse tipo de gente que viaja e nunca desfaz a mala, não importa se vai ficar três ou trinta ou trezentos dias no lugar. Um homem com a mochila de campanha sempre no ombro, pronto para fugir de todas suas funções quando a vida aperta. Mas todos aprenderam isso da pior forma, Camilo, Camilo, Camilo, quando o procuram e só conseguem ver o rastro que ele deixou. Nina está pensando, claro que Nina está pensando. Ela não devia ter colocado sua mãe nessa situação. Nina nunca fugia de nada. Nina chegava a qualquer parte e a tornava sua casa em minutos.

O hotel é bom? E a comida?, pergunta seu avô, dessa vez transformado em um senhor amável. Ele deve estar arrependido de tê-la tratado como a tratou antes, ou melhor, deve estar arrependido de não a ter tratado de forma nenhuma, porque no outro dia ela apenas existiu como o motivo de uma briga feia, muito feia. A comida é boa, ela não sabia que ia gostar tanto dos frutos do mar. Você não tinha comido antes? Não, nunca. Não, senhor, Elisa estava em Maracaibo sendo pobre, tomando "bebida láctea" e essa coisa horrorosa chamada proteína de soja, que tinha gosto de ração para cachorro mas era mais barata do que a ração. Coitado do senhor rico, nenhum esforço dele vale. Ele não sabe que, por existir um Raúl na história, ele não tem a menor chance de ser um avô de verdade.

Bom, e quais são os planos? Tem que procurar uma *high school* para essa menina bonita, perto de casa tem uma. Elisa sente seu rosto fervendo, porque escola significa permanência, perto significa relação e "Nina está pensando" significa que quem sabe, quem sabe, quem sabe vocês não pensam melhor e, em vez de ir para Katy, procuram algo mais próximo, diz a avó, eu falei com a Miriam, que trabalha com *real state*, e me disse que... *Chavista hijueputa!*, o grito de um desconhecido chega já com um empurrão que derruba Camilo da cadeira. Que porra você está fazendo aqui, hein? Comendo lagosta e bebendo vinho, bem de boas, pedaço de merda chavista! O homem é enorme como sua fúria, dois metros e cento e cinquenta quilos de raiva e ódio que os dois seguranças do restaurante não conseguem tirar de cima de Camilo.

Ao redor, outras vozes repetem insultos, vários celulares gravam a façanha, nos rostos dos avós não cabe mais vergonha, por favor, não grave, nós não somos chavistas, jamais fomos chavistas, por favor, estão nos confundindo com outras pessoas. Por que você não tá lá na sua comuna, passando fome? Os seguranças não conseguem levantar o homem. Camilo no chão, uma humilhação silenciosa. Você acha que não lembramos de você, caolho de merda? Você não vai ter um segundo de paz aqui, maldito chavista, pode anotar.

O jantar é cortesia da casa, diz o gerente para os avós, clientes habituais, mil desculpas. Não, nós que precisamos nos desculpar, diz o avô, e Elisa não entende exatamente por que ele está se desculpando. Por Camilo? Por estar ali com Camilo, seu filho, que acabou de ser atacado por um animal? É essa a família com que Camilo cresceu? Elisa começa a entender pelo menos uma das fugas de seu pai.

Os quatro saem do restaurante em meio a vaias. Não há forma de Camilo levantar o rosto. Para onde ele olhar, deve haver vergonha, Elisa não sabe se de ser chavista e, apesar disso, estar ali, ou de não ser mais e, por isso, estar ali. Em todo caso, vergonha de estar fora de lugar. Elisa olha, está assustada, mas quer olhar bem, fixar os rostos daqueles a quem deve temer.

O vermelho escorre por entre os dedos pequenos de Elisa e tinge por uns segundos a pia. Ela limpa o rosto de Camilo; um corte na boca, pequeno mas dramático, continua sangrando. Em seu olhar ausente, avermelhado, Elisa percebe um sentimento que ela ainda não tem tamanho para saber qual é, e se sente agoniada por uma sensação de culpa, por não ter dado todo o carinho que ele precisava nessas semanas. Contágio, talvez.

Pai, por que você não revidou? Por que você não se defendeu? Elisa sente o olhar de Camilo voltar ao aqui e agora, e teria sido melhor que não voltasse, porque o não sei que ele responde vem com um choro que ela nunca tinha visto em adultos, muito menos em adultos homens. Ou sim, sabe, mas não quer saber. Você que é o adulto, Camilo. Elisa faz o que ela faria com uma criança: escora a cabeça dele contra seu peito e o deixa chorar, chorar, chorar, lhe acariciando cabelo, o sangue da boca dele ainda aos jorros sujando a camiseta dela.

Nessa noite, Elisa aprende, entre os balbucios de Camilo, que os choros adultos não acabam com docinhos nem com planos de ir ao parque. Os choros adultos acabam por cansaço e, mais importante, os choros adultos, ainda que possam ter um motivo claro, como o ataque, nunca se conformam com esse motivo, então vão convocando outros motivos, Elisa, sua mãe não quer aceitar a passagem, não quer nada, e outros motivos, eu não sei o que a gente vai fazer, não sei para onde a gente vai, não sei como cumprir o que te prometi, e no fim do choro, já na exaustão, não se lembram de onde começaram.

Elisa fica assustada. O que está acontecendo com Nina, que não reage, é sério que sua mãe vai deixá-la ao deus-dará com aquele desconhecido? É isso que é Camilo para ela, um desconhecido, e ela está presa ali com ele. Ela quer conhecer esse desconhecido, mas não sabe se ele quer que alguém o conheça. Às vezes parece que Camilo quer se resetar, começar do zero, e que todo mundo concorde com sua inauguração. Seu pai é um possível homem bom que não sabe agir como tal.

O telefone do quarto toca. São as gêmeas, perguntando via Google Tradutor se Elisa quer descer, vão cantar no karaokê na piscina e assar uns *T-bones*. Ela não sabe o que é isso, mas parece gostoso. Vai, diz Camilo, e na rapidez e brusquidão da resposta, Elisa entende que ele prefere ficar sozinho. O momento que eles tiveram foi isso, um momento, e já acabou. Ela troca a camiseta manchada de violência e desce correndo para ser adolescente, esquecendo um pouco o tamanho do rolo em que está metida, com a ajuda de duas doidinhas gringas desafinando músicas do Justin Bieber.

Gostoso, de fato, muito gostoso e muito grande o *T-bone* que o pai da Lauren e da Luise bota no prato dela enquanto diz alguma frase que se perde no limbo idiomático, porque as gêmeas respondem também em inglês e todos riem, sem que nenhum deles se preocupe em traduzir. Por sorte, antes, quando chegou a resposta de Nina no celular de Lauren, sim, se preocuparam. "Eu sou a mãe da Elisa. Preciso que você dê para ela o meu recado, por favor, diz para ela que estou indo buscar ela, que confie em mim".

O convite para essa noite, que devia ser uma noite familiar, íntima por definição, era uma emboscada. *Tell us what's happening, Elisa, please. Do you need help?* Não, não, é só que meus pais estão brigados e meu pai não me deixa falar com minha mãe. *Why doesn't he let you speak with her?* Eu não sei, não sei, *but it's ok, look, she is on her way*, replica a voz do tradutor, ela está a caminho, minha mãe está a caminho, posso responder para ela? *Are you sure you don't need help? Sure, segura, seguríssima.* Nina tinha decidido atender seu chamado, e esse era o único heroísmo que ela queria, devia e podia esperar.

Corpo em transe, pele desperta, mãos em viagem por si mesma; um parêntese de paz em meio a tanto atropelamento para doar-se à incrível e subestimada sensação da água quente na epiderme, couro protetor tão ávido de carinho, a oportunidade de se deixar levar para melhores momentos. Não pensou que o México seria uma possibilidade tão rápida, mas Sandra tinha razão quando dizia que ainda havia gente boa e que essa gente boa nem sempre ficava calada, porque bondade e ação iam juntas ou se anulavam, Sandra tinha razão, tinha firmeza, tinha empenhos que Nina não sabia que podiam chegar a proezas tão salvadoras como essa de ter feito uma vaquinha entre o pessoal da universidade e vizinhos e familiares e conhecidos e tantos outros que ainda estavam comovidos pela sua história digna de programa de TV, uma corrente de favores que a levou até esse orgasmo no banheiro de um hostel de uma cidade mexicana, ventura colateral de uma viagem para recuperar uma filha em fuga.

O primeiro ímpeto de Sandra havia sido denunciar, chamar a imprensa, mas entre ligações e e-mails começou a entender que a burocracia de comprovar que uma criança tinha sido subtraída truculentamente os levaria a um labirinto preguiçoso e embusteiro quando deveriam abrir caminhos retos e velozes; que entre chancelarias e conselhos e instituições o nome de Elisa poderia se perder durante anos em meio a pastas, gavetas, arquivos, costumes venezuelanos, enquanto o corpo dela era levado por rotas, cidades, preconceitos, paisagens estadunidenses. Camilo tinha dinheiro, conexões e engenhosidade; para reverter a situação elas teriam que saber contornar essas capacidades quase onipotentes, e qualquer veterano nesse duro ofício de ser venezuelano e latino-americano sabia que não era contando com as leis e as autoridades que se conseguia essa façanha, porque as ferramentas de Camilo curvavam ambas conforme sua conveniência. Por isso, frente à chantagem dele, a opção de Nina havia sido confiar em sua antiga capacidade para driblar manipulações, por isso estava no México, como ele queria; foi da Cidade do México a Acuña, em Coahuila, como ele mandou, mas não estava usando o dinheiro dele, como você fez para viajar?, e isso disparou todos os alarmes, de onde você tirou essa grana?, porque uma Nina capaz de chegar tão longe não era a Nina em farrapos, toda vulnerabilidade, que ele esperava, e esperava mal, muito mal, porque ainda com toda sua experiência em colaboração comunitária e seu contato com redes de mães e mulheres organizadas, ele não acreditava que fosse possível que houvesse tanta gente, tão distante e desconhecida, disposta a ferrá-lo desse jeito, onde você tá?, setecentos metros separavam sua cama da linha que dividia o Puente Internacional em dois, versões A e B da história, Acuña e Del Río, Coahuila e Texas, México and Iuesei, a mesma coisa só que mais barato, dizia o slogan das Farmácias Similares, onde Nina compraria um antiácido para acalmar a queimação que o picante inédito do café da manhã do hotel lhe deixou na boca do estômago, antes de ligar para Camilo, e agora o que a gente faz?, e o fogo se mudaria para o outro lado da linha telefônica. Agora eu mando te buscar, já tenho o contato, uns muchachos de Maracaibo, você acredita?, ele perguntou, fingindo um tom gentil, ignorando o fato de que essa não era uma conversa de amigos, mas uma negociação de sequestro e de travessia ilegal de fronteiras e que ao redor deles não devia ter espaço vazio, mas policiais, e esse diálogo devia estar sendo gravado e uma heroína como Olivia Benson devia estar fazendo sinais para ela continuar conversando enquanto eles identificavam a localização exata de Camilo e, assim que o fizessem, um monte de caminhonetes pretas o rodeariam e os policiais entrariam e resgatariam Elisa, pena que a vida real tivesse tanto de autossequestro, pena que, apesar da falta de cabeça e para além da cegueira que a dor impõe, Nina reconhecia na atitude de Elisa, aos seus treze anos, o embrião dos seus desatinos quanto tinha quinze, vinte e trinta, menores impactos mas iguais sementes, uma necessidade de endireitar o mundo a qualquer custo, a tendência de agir primeiro e pensar depois, o péssimo costume de pedir perdão em vez de pedir permissão, que Camilo também seguia, então a conversa exigia tato e histrionismo, o que você acha de vocês dois virem para cá e aqui a gente vê o que fazer?, perguntou Nina, cagada de medo pela possibilidade contrária, a opção alucinante de Camilo, "eu mando te buscar", o que na verdade era pagar a alguém para que a ajudasse a chegar na outra margem do Río Bravo, onde já não se chamava Río Bravo, mas Rio Grande, e depois só Deus saberia, e às vezes nem Deus sabia, Acuña e Piedras Negras explodindo de imigrantes, debandada de criaturas que queriam chegar aos Estados Unidos, a quem tinham fechado a porta na cara e mandado esperarem atulhados em refúgios na fronteira, uma repetição de Roraima vezes mil, lugares nos quais era tão pouco o espaço que parecia que nem Deus cabia, por mais que o chamassem e quisessem abrir um cantinho para ele, eu tô com medo, ela disse, as coisas estão muito feias por aqui, Camilo, mas do outro lado houve um suspiro, a incerteza consumidora do eu te aviso, vou pensar; a constatação de que a voz chorosa dela, antes infalível, já não era capaz de convencê-lo, para vocês é só cruzar a ponte, Camilo, e ele repetindo, eu te aviso, eu te aviso, ela juntando porfavores com ordens, estou na Calle Ocampo, 250, Hotel Prado, quarto cinco, espero vocês, e Camilo desligando, já sem gentileza, negociação dura em aberto, eu já te disse que eu te aviso.

À espera de um aviso, ela passou toda a tarde caminhando pelas ruas que corriam em paralelo ao rio, flertava com a ideia de nadar e lançava hipóteses sobre sua agilidade na água, imaginava quanta força teriam tirado dela os últimos meses — ou já eram anos? — de mal comer. Fileiras de casas simples, a maioria com quintais cheios de bricabraques e sucata, tinham a água, ao fundo, como uma espécie de muro natural. De vez em quando um caminho livre permitia dar uma espiadinha na margem, e foi seguindo uma dessas ruelas que Nina botou as mãos na água para sentir a temperatura de abril com o toque, e do cheiro forte de rio intoxicado lhe chegou a imagem de sua boca repleta de algas e areia, seu corpo inchado de água golpeando as pedras em algum meandro, massa de carne já alheia a qualquer vida e qualquer dor, a não ser a dor daqueles que lessem nos jornais ou vissem na TV a identidade com as cores lavadas descoberta na mochila e o amuleto que pendia de seu pescoço, impotente frente a salvações tão exigentes, quando a única salvação possível foi a que mostraram dois meninos com sua mãe, tomando banho alguns metros à frente, alegres e vivos, muito vivos, e atrás deles, a ponte, uma coisa tão pequena, uma distância tão percorrível entre uma margem e outra, que as algas entre os dentes de repente pareceram um exagero, e o eram estatisticamente, cifra banal perante a cifra grotesca da caravana de imigrantes, desfile que não cessava, apenas mudava de sotaque conforme mudava a história, a quem calhava viver a merda maior em que ano, porcentagem anã a dos corpos inchados de água, porcentagem maior a dos desidratados no deserto, mas quem se importava com estatísticas se, quando a tragédia chegava, dava no mesmo se seu defunto havia sido exceção ou regra, não havia probabilidade, matemática, fórmula capaz de ajustar o peso de uma falta, a falta que ela faria para quem, uma falta que não seria notícia porque hoje ela faltava inclusive a si mesma.

Eu te aviso, Nina, deixa eu pensar, devia estar pensando Camilo enquanto ela contornava o muro ridículo, que por vez contornava a entrada da ponte, como uma criança egoísta escondendo seus brinquedos caros para que ninguém os visse, como se vendo-os fossem pôr mau-olhado neles, sendo que de infinitos pontos de Acuña se viam não só a ponte, como os segredos do rio e até as promessas ardilosas que habitavam a outra margem, ridículo esse muro e ridículo, desgraçado o Camilo, que a essa hora devia estar fazendo contas e vendo o quanto ela podia morrer ou que tão complicado seria que a deixassem presa ou que tão grave seria se a deportassem e ela acabasse em um desses refúgios como esse que agora ela estava espiando no final da rua, olhando como quem não quer olhar, Camilo talvez concluindo que nenhum desses cenários era tão grave, só a morte, pois então ele ficaria condenado a uma dupla quando seu único desejo era ser em três, era noite e não eram em três, ela estava com sono e não eram em três, ela dormia e não eram em três, era amanhã e, bom dia, estou procurando por Nina, e ali estava o homem que prometia, como pacote turístico, uma vida em três do lado correto da fronteira.

Eu sou El Perro, disse o coiote, e certamente tinha voz de cachorro e cara de cachorro, mas não de pitbull, como a profissão devia exigir, mas de cocker spaniel, um nariz pequeno e redondo, olhos pidões, orelhas compridas. Camilo que me mandou. Ele estava bem-vestido, barba feitinha, cheiroso. Não tinha cara de bandido e talvez tenha sido ele próprio o responsável por emplacar esse apelido, uma tentativa de compensação para a falta de periculosidade que seu corpo transparecia. Era possível que o segredo do seu sucesso no negócio viesse de sua cara de filhote com medo e seu visual de jovem estagiário em uma empresa de administração, um mosca-morta dos piores, não uma pessoa transparente como ela, uma mulher brava mas morta de medo que só conseguiu se acalmar um pouco quando El Perro disse que aquela noite não seria a noite porque seus homens tinham passado a informação de que a movimentação da patrulha da fronteira estava pesada no ponto deles, então teriam que esperar mais um dia, quanto você está pagando por noite?

Ela nunca imaginou que seu coiote se hospedasse no mesmo hotel que ela, nem que pagasse o jantar, nem que a levasse para passear pela cidade, que de noite tinha uma vida diferente, na qual o rio, às escuras, perdia um tanto de sua onipresença, mas se deixou levar, porque ela não tinha dinheiro sobrando e, se o homem estava sob ordens de Camilo, então o mínimo que ele podia fazer, se ele esperava que ela se jogasse no rio, era garantir que aquelas que podiam ser suas últimas horas e refeições fossem decentes e, mais do que decentes, foram divertidas, Nina sentindo que não era ela quem estava ali, em uma situação que parecia ser de outras pessoas, de outras histórias, Camilo havia feito da vida dela algo inverossímil, e entre uma cervejinha e outra e um leve flerte, Nina acabou conhecendo a biografia de El Perro, que revelou ser não só de Maracaibo, como Camilo tinha falado, mas do bairro Teotiste de Gallegos, perto de San Jacinto, onde ela própria tinha crescido, e embora não tivessem nenhum conhecido em comum além de Camilo, ambos sentiram aquele conforto bobinho e patriótico que dá o fato de estar longe de casa e poder falar de paisagens e padarias e quadras e barraquinhas de hambúrguer e linhas de ônibus e ter um interlocutor apto a entender a plenitude das miudezas desse espaço-tempo que ficou para trás ao mesmo tempo que estava tão aqui-agora-dentro-bem-adentro.

Ela perguntou e contou, perguntou verdades e contou verdades e mentiras, versões que a ajudaram a ganhar a confiança desse homem, território tomado por Camilo e pela grana suja de Camilo, e ficou sabendo que o beisebol era seu sonho perdido, que ele era um arremessador de primeira linha e, em Maracaibo, os olheiros já estavam ligados nele, estava quase assinando contrato com o Águilas del Zulia, já estava vendo possíveis e bonitas casas para comprar para sua mãe, fora do bairro, e aí lesionou o ombro e seu sonho acabou antes de começar, e caiu de novo de cabeça no bairro, fodido no bairro, quase quis morrer, mas um primo quis ir embora para os Estados Unidos e lhe enfiou a ideia na cabeça, e foi isso que salvou a sua vida, não ter ido embora para lá, mas ter feito um plano, qualquer plano. Eles entraram como turistas e ficaram, depois pediram asilo, disseram que Chávez isso e Chávez aquilo, e a resposta que deram para ele foi sim e a que deram para seu primo foi não, e erraram o primo, porque o primo opositor e perseguido era o outro, o *guarimbero* era o outro, ele pegou o bonde já andando, e ainda que gostasse de uma *guarimba*,* o negócio dele era a

* Termo usado coloquialmente na Venezuela para designar um método de protesto usado principalmente pela oposição venezuelana que envolve a construção de barricadas nas ruas ou bloqueios de estradas. (N.E.)

baderna, explodir, queimar, detonar coisas, fosse do lado que fosse, e mesmo tendo jurado e comprovado e justificado que Chávez isso e Chávez aquilo para poder ficar, a verdade era que Chávez nada, se até sua mãe aprendeu a ler e escrever na Misión Robinson e ele nunca ia esquecer isso, a alegria de sua mãezinha santa escrevendo ela própria o cartaz de "Vendo bolos", não tem crise que apague, e para essa conexão Nina nem sequer precisou mentir, aí já era Raúl mexendo os pauzinhos por ela, meu pai foi professor da Misión Robinson, dava aulas no Ince* de Bella Vista, contou Nina, enquanto procurava no telefone uma foto de Raúl. El Perro a imitou e mostrou uma foto de sua mãe, sorridente em um Walmart. Raúl tinha cara de boa gente, ele disse. A senhora tinha cara de divertida, Nina disse, devia estar entediada com os gringos. Minha mãe está em Maracaibo, disse El Perro, parece que está parafusada àquela cidade, em vez de vir para cá logo, passa a vida fazendo planos, negócios, querendo que compremos casas e salas comerciais lá para quando as coisas melhorarem, a velha diz que prefere ser rica lá com os dólares que eu mando do que vir e ser meio pobre aqui. A minha está pior, mesmo sozinha e pobre não quer sair de lá, disse Nina. E o seu pai, cadê ele?, perguntou El Perro, e ela mostrou o amuleto, deve andar por aqui perto, cuidando de mim. Que Deus o tenha, gatinha, disse El Perro com uma sinceridade que fez os olhos de Nina ficarem marejados. Amém. E o que você vem fazer aqui, rainha, veio encontrar o marido? Marido nada, Camilo é meu ex. Ué, e então? Então que o desgraçado levou embora a minha menina. Isso não é coisa que se faça, disse El Perro, bem que eu tava sentindo que esse maluco não era do bem, mas maluco ou não, a conversa acabou por aí, porque El Perro podia parecer

* *Instituto Nacional de Capacitación y Educación*, que mais tarde se tornou *Instituto Nacional de Capacitación y Educación Socialista*. (N.T.)

uma boa pessoa, mas boa noite, gata, dinheiro era dinheiro e era Camilo quem pagava.

Cafezinho na mão, o homem bateu à porta do quarto de Nina às quatro da manhã com um estrondo, avisando que fariam a travessia em meia hora, que tinha recebido o aviso esperado e que era já já já, dizia El Perro enquanto repetia as instruções que ele já tinha dado: duas mudas de roupa; os sapatos mais confortáveis que tiver; nada de malas, só uma mochila do tamanho da mochila queimada de Nina, e poderia acontecer da mochila ficar para trás antes, durante ou depois de cruzar o rio, se assim fosse preciso; os documentos iam em um saquinho plástico selado, e se ela não tivesse um, ele podia dar um para ela e, calma, calma, pediu Nina, na metade do caminho da vigília, o entendimento nublado, a boca de fruta fermentada, espera, espera, espera, eu não me decidi ainda, se não for agora então não vai ser, disse El Perro, que de madrugada e pronto para a guerra já não parecia tão simpático quanto na noite anterior, mas mesmo assim ficou todo abalado quando ela não conseguiu controlar o medo e as lágrimas começaram a gotejar e suas bochechas não sabiam o que fazer com esse líquido que ela normalmente não deixava cair e sentiu frio no corpo e calor no rosto, El Perro a olhava enquanto ela recolhia suas coisas, exausta e atordoada em um vaivém de caos e pânico e meleca e lágrimas, e ele deixou ela nesse vaivém mais um tempo, uns minutinhos de abismo, perversidade estratégica, antes de lhe sugerir, a menos que você queira fazer algo diferente, gata, a opção que devia estar na cabeça dele desde antes de ter batido à porta para fazer todo esse teatro, maldito manipulador, trovador do desespero. Fazer o quê, Perro?, perguntou Nina prevendo qualquer escrotice e já quase dizendo que sim a tudo. Eu sei onde está Camilo, disse El Perro. Eu já vi sua *chamita*. Eles estão aqui pertinho, esperando a gente, em um hotel em Vega Verde, passando a ponte. Ele está me pagando dois mil dólares por você, mas a real é que nem ele nem eu temos como te dar certeza de que não vão te devolver como têm feito com todo esse povaréu que está nos abrigos daqui até Matamoros. Eu tô com dó de você, lindeza, você parece gente fina. Se eu tivesse sacado qual era a dele, eu não teria feito negócio com o arrombado do seu ex, se faz de sonso, aquele merda. Ó, vamos fazer assim: se você cobrir o que ele está pagando, eu resolvo o seu problema e foda-se o caolho. Quanto você me oferece?

Apenas a vi descer do carro e entendi que era verdade aquilo que dizem, que "a fome é má conselheira". Eu que disse não tantas vezes, recusei tantas ofertas que Olga chegou a dizer que só faltava eu fazer um *casting* para ver quem merecia comprar a nossa casa, e olha onde viemos parar, Raúl. Demorei demais para acreditar no tamanho do que a gente estava vivendo, como de costume.

(Eu bem sei.)

Eu achei que haveria um momento melhor, e o que houve foi apenas um momento pior, muito pior do que qualquer outro, a ponto de não ter mais opção do que atender o que já não eram conselhos, mas exigências da fome.

— Faz muito tempo que vocês estão tentando vender? — pergunta a cara de pau. Vem se achando a madame, como se nós não soubéssemos quem ela é e de onde sai tanta grana do dia para a noite; como se ela não soubesse que nós sabemos.

A minha vontade era de nem a deixar entrar na casa, de voltar para o quarto e seguir chorando, que é o que eu faço de melhor ultimamente, mas os dias de choro e cobertinha suja acabaram, Raúl, porque você veio, porque Elisa foi embora e porque Nina me espera.

— É uma decisão recente. Me fizeram algumas ofertas, mas eu não queria sair daqui.

(Agora, por motivos de desespero, vendemos, ofertamos, damos de presente acolhedora casa em vizinhança de classe média baixa, meio baixa, meio pobre.)

— Hum. Quantos metros quadrados?

Você tá vendo ela, Raúl? Ó como olha tudo com esse nariz empinado e essa cara de indigestão.

(Te concentra, Chelita, te concentra.)

De Teotiste de Gallegos, doceira a vida toda, analfabeta até os cinquenta e pouco, me contou Nina, e olha ela agora, se achando grande coisa, gente pobre que se esquece de ter sido pobre e que não entende que pode voltar a ser a qualquer momento, basta que o filhinho seja pego em um dos seus vaivéns. Olha ela examinando as paredes, os pisos, as portas, estudando nossos rastros, futricando a história presa nos cantos, como se realmente estivesse avaliando.

— A casa tem noventa e cinco metros quadrados, dois andares, quatro quartos, dois banheiros, um lavabo, piso de cerâmica em tudo.

(Propício para fazer a melhor patinação com meias da região, Elisa que o diga.)

Mas ela e eu sabemos que nada nessa análise vai realmente definir a cifra, que eles vão nos oferecer um valor ridículo que ela e El Perro definiram antes de ao menos botar um pé aqui; uma esmola mais miserável quanto maior for o nível do desespero que a gente demostrar. A mesma coisa que o filho faz lá, ela faz aqui. Uma ferida se abre, eles chegam. Abutres empreendedores.

— Bem pequena essa sala de estar.

(Onde eu sei que cabe um sofá-cama de dois lugares, ainda que nunca o tenha comprado.)

— A rede cadeira vai comigo. É que ela era do meu marido, que morreu.

(Às ordens, prazer, aqui estou, mas não precisa ficar assustada, que nós, os fantasmas, vamos junto com as tralhas.)

— Que ele descanse em paz.

Você está em paz, Raúl? Nem isso você me contou.

(Te concentra, Chelita.)

— E essa é a sala, o sofá fica, o conjunto de sala de jantar fica, o aparador, a TV e o aparelho de som também ficam.

— É grandinha, pena esse bordô tão escuro.

(E vai ficar desse jeito, porque a gente sabe que, bordô ou não, a falta de pintura é dessas justificativas que vocês vão usar para baixar o preço, então faça você seu teatro que nós, os vivos e os mortos desta casa, fazemos o nosso.)

— Pior que, vou lhe dizer, deu um ar elegante para a sala — digo e não minto, todo mundo comentou, você lembra, Raúl, quando trocamos o piso e pintamos? Tão bonito que ficou.

(Bem bonito.)

— Não tem problema de infiltração, tubulação, nada disso, né? — ela pergunta.

— Nada. Nunca tivemos problemas desse tipo.

(Tivemos milhões de outros.)

— Aqui temos a cozinha, que foi totalmente reformada.

(Depois de anos de armários sem portas, saiba que a gente não teve tempo de usar toda a alegria que nos tocava por finalmente ter nossos armários, então a senhora vai achar alguma emoção entre uma prateleira e outra, e eu lhe peço que a curta por nós, que acolha suas heranças desconhecidas como é devido.)

— Daqui vão ficar o fogão, a geladeira e o micro-ondas. A cozinha é meu espaço favorito, centro da folia, embora a casa toda fosse sempre uma folia.

(Por isso eu fico ligando a TV, Chelita, para que você e para que ela, a casa, não se sintam tão sozinhas.)

— Tá funcionando essa máquina de lavar tão antiga? — pergunta a insolente que nem me deixou mostrar direito os armários, parece que está com pressa, não está olhando a casa como a gente olha para a futura casa, ela não merece a nossa casa, não merece, Raúl.

(Mas já estamos aqui e temos que engolir o sapo.)

Engolir o sapo e sorrir para a arrogância rude dessa mulher, que se mexe e fala como quem teve que esperar muito para que fosse sua vez de humilhar.

— É antiga, mas é boa e grandona.

A coitada da máquina deve rir de mim quando eu boto nela meus três trapinhos sujos. Mesmo que eu deixe acumular, nunca é suficiente: calculamos para quatro pessoas, restou uma.

(E ainda é você, que já nem quer tomar banho.)

E para quê, Raúl?

— E nessa área de serviço cabem vários baldes para guardar água, quando vier. Aqui vinha a cada vinte e cinco dias, agora não dá mais pra saber, mas pra isso temos um tanque subterrâneo e outro no teto.

— Isso aqui vai dar trabalho — diz a madame, espiando o pátio, nosso pátio, Raúl, nossa baguncinha.

(Por que será que a festa sempre vinha parar aqui?)

— Você sabe como é, né? Nunca consegui arrumar o pátio porque sempre tinha alguma coisa mais urgente, mas tem um bom tamanho.

(E boa história.)

— Vamos subir para você ver os quartos.

Eu a conduzo pela escada querendo, em um passo, que ela suma e, no seguinte, que por favor, pelo amor de Deus, fique com a casa, não importa o que fizer com ela, a casa a essa altura é um punhado de concreto, metais e cabos. A casa é você, Raúl. A casa somos você e eu e Nina e Elisa. A casa é a algazarra e as gargalhadas dos nossos parentes e amigos.

(A casa é o que nós fomos e quando o fomos.)

Eu sei, Raúl. Enfiei isso na minha cabeça nas muitas noites em claro, mas, no passo seguinte, de novo, quero expulsar essa mulher da minha casa, a única casa que conheço, ainda nem a vendi e eu já sou um sofá velho e ressecado jogado na calçada, um caramujo roubado, uma intempérie.

— Um pouco pequenos os quartos, né? — diz a madame.

— Não sei. Sabendo acomodar bem as coisas, eu diria que têm um bom tamanho — retruco em um segundo, e no seguinte me arrependo, porque não é hora de ter razão, hoje todo esforço é para Elisa e para nos juntarmos as três onde for e como for, e esse aqui é o como for, essa é a prova, então eu tento remediar —, mas sim, não dá para dizer que são grandes.

(Não serão aquela coisa, mas têm um algo, uma ternura, uma paz, deixa ela sentir.)

É, é verdade, e não somos nós que dissemos isso, o dizem todos os que alguma vez ficaram uma noite aqui, e são tantos, tantos, que eu acho que por isso às vezes a casa se acha um hotel. E, sim, pode ser que os quartos sejam maljeitosos e pequenos, Raúl, mas eu só percebi isso agora, nunca precisei de mais.

(Porque nós gostávamos de estar bem pertinho, e não dispersos como estamos.)

— As janelas são de correr, vidro e alumínio.

(Com um equilíbrio perfeito entre boa luminosidade, ótima vista para os escândalos alheios e suficiente privacidade para os próprios.)

— Mas estão meio surradas — ela diz.

— Ah, precisa fazer uma manutençãozinha, mas eu vou deixar as grades, as persianas e até as cortinas.

Eu entendo que, assim como eu, aqui já ninguém tem vontade de olhar para fora.

(Nunca subestime uma janela, Chelita.)

Descemos e percebo que eu perdi todo jeito para anfitriã, tenho lidado tanto com gente que vai embora que já não sei lidar com gente que chega.

— Desculpe, nem lhe ofereci algo para beber, é que ainda não me trouxeram o café. Quer uma aguinha? Vamos sentar para conversar.

Mas a mulher não quer conversa, vai direto até a porta e eu vejo a solução ruindo, pedaços de família caindo em cada tuc, tuc, tuc de seu passo de salto plataforma, intimidante, Elisa se afastando, tuc, tuc, tuc, adeus, adeus, adeus.

— Olha, eu já vi casas melhores, mas meu filho me contou de vocês, do problema com a menina, então eu acho que a gente pode se ajudar. Eu te dou cinco mil dólares. Se você se interessar, tem dois dias para liberar a casa. Eu ligo depois para combinarmos sobre o contrato e o registro no cartório.

Aleluia e maldita hora. Nossa casa da vida toda, Raúl, vendida a preço de sucata e, ainda por cima, tratada como se, em vez de negócio, fosse caridade. E pensar que ela vai poder assinar esse roubo com seu nome em vez de com um xis, como fazia antes, quando era não só pobre, mas analfabeta. Será que ela se lembra daqueles dias, daquela solidariedade?

(Quando que a gente ia imaginar que algo tão bonito ia ser usado para coisas tão feias?)

Nunca, meu bem. Nunquinha.

O preço normal seria quinze vezes essa miséria, quinze ou mais. Eu continuo calculando com os números de antigamente pela mania de medir a catástrofe, mas os números e os zeros às vezes me confundem, ou deixo por aí espalhados nessas saídas que eu faço sem perceber.

Se não estivéssemos nessa situação, a minha vontade seria deixar a casa aos cuidados de alguém, Olga daria uma olhadinha com prazer, ligaria alguma luz a cada noite para dizer para os ladrões e os invasores potenciais que tem gente dentro, o que não seria mentira, porque, viva ou morta, aqui sempre vai ter gente. Nina tinha razão em sua simpatia por Olga; não fosse por ela, puta ou não, eu não sei o que teria acontecido comigo. Mas Olga também não vai durar muito, ela já está arrumando suas coisas e seus documentos, dou meses para ela ir embora para Oaxaca, diz que sua irmã está ótima lá.

Eu acho que não vai sobrar ninguém na vizinhança, Raúl. Os últimos otimistas perderam a esperança com o apagão e o racionamento; é difícil marcar hora para a alegria, parece mentira, mas a coitada aparece com a luz, porque é para corajosos isso de sorrir quanto você tem que estudar, trabalhar, fazer faxina, existir em algum tipo de movimento de corpo ou de alma, e não pode porque está às escuras e o calor te incinera as ideias, o sovaco, as intenções, a virilha. Eles marcaram hora para a nossa tristeza, seis horas por zona, mas nem isso é cumprido.

Será que Oaxaca fica perto de Coahuila? Olga diz que não importa se não for perto, que para isso tem ônibus e aviões e que ela gosta mais de viajar do que de comer bem, se tem uma coisa que a ferrou durante a crise foi deixá-la trancafiada, mas, assim que ela se recuperar, México que se prepare, porque lá vamos nós, perninhas, ela vai percorrer todos os lugares que a gente sente que conhece de tanto que escuta sobre eles nas novelas da Televisa. Hoje, quando fui contar para ela sobre o problemão e perguntar se eu podia ficar com ela daqui uns dias, que eu achei que seriam uns quinze e acabaram sendo dois, ela tentou me entusiasmar. É México, Graciela, cores, comida gostosa, sotaque de novela, você vai amar, com certeza.

(Te entusiasma, Chelita, você fica tão linda em uma folia.)

Por enquanto, planejando contragolpes e com quarenta e oito horas para "liberar" a casa para aquela ordinária, fica difícil. Entusiasmo é uma palavra preciosa que não rima com vender o valioso, doar o útil, empacotar a vida, escolher dois ou três souvenirs desta viagem bonita que fomos e jogar o resto no lixo, aquilo que só eu quero porque só a mim serve, a última lista de compras no mercado com a sua letra, a primeira meinha de Elisa e o primeiro caderno dela, o VHS dos quinze anos de Nina ou o restinho de cordão umbilical seco que guardei com etiqueta do hospital, "Catalina Gutiérrez, 04/04/1991, 8h45 am. Mamá: Graciela Suárez". Lixo, sacos pretos brilhosos cheios da gente e que algum novo mendigo, desses que se reproduzem na cidade, vai revirar em alguma esquina, marcos de memória espalhados entre cascas de banana e ossos de frango para reaproveitar o saco. Para onde vou, não caberei inteira.

(Você cabe, sim, Chelita, você carrega a bagagem por dentro.)

Ainda bem que você vem comigo sem ocupar espaço e sem pagar passagem, porque aí sim a gente ia piscar e lá se foram os cinco mil.

Seria melhor deixar a casa para alguém que precisasse dela, para esse anjo da guarda estranho que é seu amigo Vicente, tão gente boa e tão peculiar o coitado, um pé aqui com os vivos e um pé com os mortinhos.

(Ele sim saberia aproveitar esta casa, escutar as histórias deste e dos outros tempos.)

Seria melhor doá-la a quem quer que fosse em vez de deixá-la por esses três centavos nas mãos desses abutres que não cansam de roubar os pobres.

(Se a gente não precisasse desses três centavos como precisamos.)

Essa gente mal sente o cheio da desgraça alheia e já chega preparando suas ofertas. Eles sabem que não há desgraça inútil, não há dor que não renda algum tipo de ganho, é questão de estar atento, pronto para capturar a vantagem. Em que momento fomos parar em mãos tão alheias? Como essa mulher veio parar aqui?

(Nós mesmos a trouxemos, Chelita.)

A VIAGEM VAI SER OUTRA, patrão, por ser tão filho da puta. Tantos anos e tanta vida depois, você continua subestimando Nina e você subestima também a Elisa, querendo achar que essa filha se parece mais com você do que com ela, como se a genética pudesse contar tanto ou mais do que a experiência. A quem você quer enganar? A si mesmo, alegando que você a quer junto, que faz tanto tempo que você está incompleto, avulso, sozinho, mas El Perro te diz o que te diz e você sente raiva e dor, é claro, mas também sente uma pontinha de alívio, não é verdade?

Você não sabia o que fazer em nenhum dos outros cenários possíveis. Nina presa, Nina deportada, Nina afogada, Nina livre, Nina legal, Nina com você. Nenhuma opção com a qual saberia lidar. Nem sequer com as últimas, é possível que você saiba lidar ainda menos do que com as outras, embora você já a conheça, você tem mais trauma do que experiência; em vez de aprender, você tem diversificado as formas de errar, porque você continua querendo versões higienizadas, reduzidas, adaptadas de Nina, e agora de Elisa, que é parecida demais com ela, porque não teve como ser mais parecida com você, que não estava nem aí para lhe ensinar as vantagens da diplomacia que você tanto defende, nem as tarefas íntimas e árduas de desenhar mapas e justificativas, nem a ordem correta das camadas de qualquer sanduíche doado pelo Estado, o despotismo molhadinho entre o queijo e o presunto, nem a melhor forma de dobrar as camisetas e o juízo e as prioridades.

Quando ela pediu que fossem para a sorveteria, você teve que pensar duas vezes. Desde a cena catastrófica com os seus pais, você sai menos ainda do hotel — quem diria que você está há mais de três semanas na praia e sua pele está mais pálida do que nunca. Mas Elisa parecia tão nervosa esperando notícias de Nina, sabendo que Nina já estava a um passo da fronteira e que a qualquer momento poderiam chegar ela ou as notícias dela, que você cedeu. Você deve tanto para ela, tanto. Você se convence pensando que aquilo não aconteceria de novo com tanta facilidade porque, ainda que seu rosto tenha circulado de vez em quando na mídia, você não chega a ser famoso; é o infeliz do tapa-olho, como sempre, te transformando em um alvo. E, caso se repetisse, você responderia à altura, diria que estava errado, embora você continue sem saber exatamente em quê, e se isso não fosse suficiente, seria o punho, a cotovelada, o chute, o cuspe, deixar que a violência respondesse por você, porque perguntas como que porra aconteceu com o seu país e sua revolução e qual foi a sua participação específica na construção do fracasso não é algo que você possa ou queira explicar nem para você mesmo — mais dado, como você é, às fugas —, muito menos a um opositor soberbo. E, no fim, você pensa, uma sorveteria não reúne o mesmo tipo de público do que aquele restaurante, e se Nina ia atravessar o rio a nado, se arriscando a tudo, o mínimo que você podia fazer era assumir o risco de uma nova humilhação.

O dia está nublado e a praia é de uma cor marrom-acinzentada, como um chocolate ruim. Ela insiste para vocês se sentarem nas mesinhas do lado de fora, porque ela quer respirar o ar puro, sentir o ventinho no rosto. Você aceita porque daí seria mais fácil sair correndo até o carro. Você escolhe se sentar de costas para o mar, como se essa posição ou o boné dos Red Sox de Boston tentando esconder o tapa-olho fossem te deixar mais tranquilo. Você olha o telefone, que antes não parava de tocar. Você era importante para muitas pessoas, era indispensável para tantas coisas que, no entanto, seguem lá, funcionando sem você, já se acostumando com a sua falta, comemorando-a, inclusive, porque a melhor coisa que podia acontecer com as instituições era o expurgo de traidores. Mas hoje o seu celular é uma desolação. Não há aviso, nem de vitória nem de tragédia.

Elisa volta com uma casquinha de morango e um potinho com uma bola azul que tem cheiro e gosto de chiclete, um desperdício, você pensa, como você é estranha, você diz para ela, e ela te olha, triste, assustada, talvez arrependida de sua peculiaridade. Você não percebe, mas está virado numa faca, você é pura poda. Que horas são?, ela pergunta. Já são quatro horas. E ainda nada de Nina nem do El Perro. As colheradas de sorvete passam por sua garganta como pedaços de gelo duro, o frio chega intacto ao seu estômago e contagia suas pernas; faz vinte e cinco graus centígrados e você está com frio.

O que a gente vai fazer quando a minha mãe chegar? Não sei, Elisa. Come essa merda azul logo que eu quero ir embora. Faca. Eu achei que a gente ia caminhar pela praia. Onde você tá com a cabeça? Caminhar pela praia numa hora dessas. Faca. Mas Elisa também sabe ser afiada e come o sorvete com lentidão. Você acha que ela não gostou, que ninguém pode gostar de uma mistureba de chiclete com leite, você acha que é malcriação por você não querer ir à praia, você acha que é birra, e você nunca teve paciência para essas crises, a menos que sejam suas.

Suas lâminas sempre em movimento de corte não te deixam ver as dobras dessa lentidão, muito menos infantil do que você pensa. Seu olhar sempre voltado para si não te deixa ver a quantidade de tristeza e de despedida nova, assustadora, que Elisa posterga entre uma colherada e outra. Faca, faca, faca, você a encurrala na força da impaciência, até que do azul só resta uma aguinha que mais parece desinfetante. Terminei, você já pode ficar tranquilo, ela te diz, com uma tristeza que você não conhecia nela, e sai correndo em direção ao carro, estacionado paralelamente ao mar que você não quis visitar com ela.

Você a vê ir e acha que o drama continua e quer gritar alguma nova facada, mas de repente o metal já não está na sua mão nem na sua língua, mas se afundando nas tuas costelas, fica bem quietinho, que se abrir a boca eu te tiro o outro olho, te diz um sujeito vestido com um uniforme de beisebol que não te deixa avançar para além da calçada. Ele se aproximou sem que você percebesse e te ameaça com algo que você não sabe o que é, mas o cheiro de pólvora te invade sem que você possa saber se vem de fora ou de dentro de você mesmo. Imóvel, covarde, você vê El Perro, também com roupa de jogador de beisebol, abrindo para Elisa a porta de uma caminhonete que não é a sua. Você vê os cabelos brilhosos de Elisa ondulando a cada movimento. Você quer ver seus olhos, mas ela já aprendeu alguma coisa com você, afinal, ela já sabe que toda fuga começa no olhar. A viagem vai ser outra, patrão, por ser tão filho da puta.

Você demora uns bons minutos para entender que Elisa sabia quem eram aqueles homens e para onde a estavam levando. Antes, houve vontade de sorvete, de praia, de pai. Naquela tarde, foram apenas simulacros. Não te preocupa, irmão, que antes da meia-noite *la muchachita* vai estar com a mãezinha dela.

O SEGUNDO DEFUNTO QUE ELISA viu foi seu avô Raúl, mas ela não consegue se lembrar do seu rosto de morto. Ela sabe que o viu, que Nina perguntou se queria ver e ela disse que sim. Juntas, se aproximaram do caixão. Ela lembra da jaqueta bomber que botaram nele, sua favorita. Lembra das muitíssimas coroas de flores, adeus, camarada, *hasta la victoria siempre, Raúl vive, la lucha sigue*, e a raiva que ela sentia dessas frases prontas e de que ninguém tivesse escrito algo original. Lembra do vestido que usou, um que já quase não cabia nela, um monte de babados ridículos que a faziam parecer uma cortina extravagante. Lembra de tudo, menos do rosto morto sob o vidro do caixão.

Em sua lembrança, o avô permanece sadio, tal como ela o viu ou o imaginou, nesse mesmo dia, no jardim do cemitério. Todos estavam dentro da sala de velório, reunidos ao redor do caixão, uns chorando, outros rezando, furiosos todos, quando seu avô, ou a imagem de seu avô, são, salvo e coradinho, a chamou para fora, Elisa, vem cá, o que você tá fazendo no meio dessa choradeira, hein? Ele pediu para ela fechar os olhos, e o ventinho das seis da tarde em Maracaibo secou suas lágrimas e deixou no seu rosto uma sensação de máscara, a mesma que sente hoje, escondida sob o assento traseiro de uma caminhonete, um caixão para gente viva que quer atravessar caminhos que as pessoas que fazem as leis dizem que não é permitido.

Hoje não há vento, nem Maracaibo, nem seis da tarde, mas Raúl a acompanha de novo, vai com ela, enxugando suas lágrimas, encolhidinho junto nesse caixão com cheiro de carro novo onde El Perro disse que tinha que se enfiar quando fossem cruzar a fronteira.

Quando viu o homem fora da sorveteria, achou patético, ela entendia que tinha que usar umas roupas reconhecíveis, mas aquele uniforme era ridículo. Talvez tivesse sido ideia de Nina, não dele. De qualquer forma, não era o momento para questionar as instruções que sua mãe tinha lhe dado no dia anterior. Eram pouco mais das onze horas da manhã quando as gêmeas bateram à porta do quarto, desesperadas por descer à piscina, *it's beautiful outside, look at that sun!,* dizia Lauren apontando para o céu, enquanto Louise apontava na tela de seu celular uma chamada conectada de Nina e o verdadeiro sol se fazia nos olhos de Elisa.

Pai, posso ir? Pode, aí já pede o almoço quando for subir, eu quero massa, respondeu Camilo, que nem reparou que Elisa estava saindo do quarto sem sequer pegar um biquíni. Seu pai era assim e assim seria sempre, ela entenderia isso depois; não havia como esperar o olhar de um homem que tinha perdido não um olho, mas a vontade de ver. Naquela tarde, ela terminaria o sorvete, se despediria de seu pai entre um silêncio e outro, sem que ele percebesse, e sairia correndo em direção à caminhonete azul onde um jogador de beisebol estaria escorado, enquanto outro homem se ocuparia de conter Camilo até que eles tivessem partido.

Agora haviam se passado quase oito horas e estavam em Del Río, a última cidade estadunidense antes da fronteira, em uma casa de gente amiga de El Perro, para passar a noite. A dona da casa, uma senhora que falava um espanhol cujo sotaque Elisa não conseguiu identificar, lhe deu água e um sanduíche. A mulher não parava de rir do uniforme de beisebol de El Perro, zoando a barriguinha apertada pelo cós da calça e da novidade de alguém estar lhe pagando para fazer o caminho contrário. Você quase nem precisaria escondê-la, Perro, se nem vão dar bola para você, ela disse, e El Perro respondeu que claro que davam bola e que o risco era igual, criança é criança, Magali, seja onde for.

Bora, bora, El Perro a acordou de manhãzinha. Elisa não havia terminado de comer os ovos mexidos que Magali fez de café da manhã e ele já estava a levando para a caminhonete. Ele mostrou o que seria o esconderijo dela: o assento de trás se levantava como se fosse a tampa de um caixão e seria ali que ela se enfiaria. Você já sabe, caladinha, respirando leve, são uns vinte, vinte e cinco minutinhos só, e aí a gente encontra a sua mãe, eu vou te avisando. Elisa se enfiou no caixão e El Perro lhe deu uma garrafinha de água e uma sacola com balas. Para o caso de você ficar enjoada, *chamita*. Quando estacionarmos, é sinal de que estamos passando o posto de controle, é aí que você precisa ficar como morta.

Elisa quis perguntar se morta, morta, como o que resta nos caixões, ou morta como seu avô e esses outros que vinham chegando em caravana, um povaréu bonito, rostos de todas as idades e as cores, invisíveis aos olhos insuficientes de El Perro e de Magali, lhe dando as boas noites com sotaques de um continente inteiro. Fica tranquila, meu bem, que não estamos sozinhos, lhe disse Raúl, enquanto se ajeitava com ela em um abraço. Quem são todos eles, vô? Amigos que encontrei por aqui, gente que foi ficando no meio do caminho. Eles ficam o dia caminhando, ajudando as pessoas a cruzarem a fronteira a salvo, para que não precisem atravessar a outra, a que não tem volta.

El Perro fechou o assento-caixão e, a partir desse momento, a paisagem de Elisa é apenas sonora e isso basta, porque Raúl vai cantando em seu ouvido a sua canção, a canção de Ali Primera que ele dizia que, se já não existisse, ele próprio a teria escrito, idêntica, palavra por palavra, acorde por acorde, para ela, *¿dónde me llevan los pies de mi niña? ¿Dónde me lleva su cofre de risas?*, enquanto os outros o acompanhavam com um cantarolar sussurrado, *shhh shhh shhh shhh shhh*, e ela tenta responder onde estão indo seus pés e se vão chegar a esse onde, mas não sabe, o único destino é Nina, o resto é dúvida, *shhh shhh shhh shhh shhh, anoche sentí cosquillitas, era su alma pequeñita, que se metía en mi alma, shhh shhh shhh shhh shhh*, e nenhuma dúvida tem importância nesse instante agarrado às certezas, ela sabe que seu avô e os outros estão junto dela, de alguma forma tornando-a leve, não sente a vibração do carro nem doem em seus ossos as superfícies duras, ela vai em uma nuvem de canto protetor e seu choro não é de medo, mas de assombro.

Em cinco minutos chegaremos ao posto de controle, avisa El Perro, *shhh shhh shhh shhh shhh, cacheticos sucios, de niños comiendo, si comieran todos, los niños del mundo*, essa canção tem um efeito sonífero nela desde sempre, todos diziam e ela acreditava porque, *shhh shhh shhh shhh shhh*, nunca chegava acordada ao fim da música nem ao final dos trajetos que ela acompanhava, *shhh shhh shhh shhh shhh*, mas dessa vez, não, isso não acontece, e quando escuta vozes em inglês e sente que a caminhonete deixa de ser leve e se mexe para a direita quase se mija, *¿dónde me llevan los pies de mi niña? ¿Dónde me lleva el cofre de su risa?*, e *la niña* e seus pés não podem nem dormir nem fazer nada, agora que Raúl não a abraça, o quase se completa e Elisa sente o calorzinho líquido molhando sua virilha com uma lentidão irreal, como irreais começam a soar as vozes em inglês, que continuando soando, mas agora parecem preguiçosas, um cansaço noturno vai vencendo-as, um *shhh shhh shhh shhh shhh* parece envolvê-las e levá-las para longe, longe, e a porta da caminhonete se fecha e eles arrancam de novo, leves, leves, leves, *shhh shhh shhh shhh shhh,* já passamos, *chamita,* avisa El Perro, foi por pouco, mas passamos, que cheiro é esse? Caralho, *chamita,* não acredito que você se mijou! El Perro permanece em sua ladainha de reclamações e *¿dónde me llevan los niños del mundo? ¿A regar por el mundo su cofre de risas?* Elisa permanece em sua canção de ninar, esperando que a voz do seu avô e a proximidade já tátil da mãe acalmem o galope que ela carrega no peito.

ANDAVA SÓ DE MEIAS sempre que podia, porque o tênis com a sola derretida continuava sendo seu único tênis e fazia seu joelho e seu quadril esquerdos doerem e suas meias já estavam imundas de tanta ida e volta que fazia descalça no quarto do hotel, tentando gastar aquela espera delirante, que merda ela estava pensando quando decidiu que a solução era mandar buscar Elisa com um homem a quem praticamente não conhecia para além de seu nome e seu número de identidade e sua versão de menino pobre de Teotiste de Gallegos, se era verdade que esses eram seu nome e sua identidade e seu bairro? Como havia confiado naquele sujeito com nome de bicho que tinha traído o primeiro contratante quando ela lhe ofereceu mais dinheiro? Esse era o tamanho de seu desespero, sim, mas também era o tamanho de sua vontade de dar o contragolpe em Camilo, Elisa no meio, butim de uma guerra da qual ela era consequência e jamais origem. Era um plano irresponsável, absolutamente arriscado, ela pensava a caminho da porta e, quando dava meia-volta e caminhava em direção à janela, se acalmava lembrando que o plano estava funcionando conforme o combinado, a mãe de El Perro já estava ajeitando os documentos da casa com Graciela e El Perro tinha dado notícias ao longo do percurso e até mandou uma foto de Elisa comendo em uma lanchonete de estrada junto com mensagens simpáticas, como se aquilo fosse um passeio da escola e ele fosse o motorista do transporte escolar, mas aquilo não era um passeio nem ali era a escola, Elisa não estava aprendendo nada mais do que canalhices que uma criança nunca devia ter que aprender sobre seus pais e seu fogo cruzado nem sobre o mundo e seus arames farpados.

Não havia conseguido dormir e estava caindo de cansaço, mas não conseguia parar de se mexer, inexplicáveis exigências musculares a mantinham de pé, minúsculos espasmos que lhe ativavam uma necessidade de se mexer sem pausa, um desespero ouriçado e brilhante, e por isso caminhava, se sentava, dava pulinhos no lugar, gastando a energia que já não tinha, porque estava fraca, sentia que a barriga se encolhia de fome, mas ao mesmo tempo não podia engolir nem água porque tinha a garganta virada em uma amarração, coleção de nós apertados com saliva, todo seu corpo uma anarquia e sua cabeça um caldeirão onde fervia um tufão de futuros, o emaranhado de algas que ela podia ter tido na boca; o uniforme laranja de Elisa como menor desacompanhada, presa em um centro da Imigração e Fiscalização Aduaneira; a foto de El Perro e sua cara de mascote do crime em sua possível ficha policial; a mãe remotíssima de um coiote barganhando sua casa, que, em vez de casa, para eles era um templo de vivos e mortos; Graciela falando sozinha com seus fantasmas, agora sem um teto que os amparasse.

Tentou se convencer de que em poucos minutos, talvez uma hora, Elisa estaria com ela e, assim que recebessem o restante do dinheiro da casa, ela organizaria, trecho por trecho, por terra e por ar, a viagem de Graciela, e sua mãe, e tomara que até seus mortinhos enfim se uniriam a elas, como havia sido o plano desde sempre, e encontrou paz nessa imagem, um brilho de poucos segundos que, com sua cauda luminosa, arrastou novos pesos, instantes de cegueira e pânico, depois disso o quê, como, por quê, onde, onde, onde se esse código postal onde fincava o pé naquele momento era um povoado lambido por um rio sonho e pesadelo, correnteza com murmúrios bilíngues, casarios atravessados por debandadas que mais cedo ou mais tarde, para o bem e para o mal, arrasariam tudo, presságio tão próximo que ficar parado parecia impossível; talvez o bom fosse descer, descer pela geografia mexicana e aprender a ser palavra em outros sotaques e outros nomes, adotar serpentes emplumadas e *virgencitas* de Guadalupe, descer e se afastar daquele portal cheio de notícias inauditas de humanos afogados e de humanos moídos, cortesia de outros humanos que se organizavam em gangues para sofisticar o retalho e a maldade; fazer um cantinho para si e ficar nele, lhe dar a oportunidade de crescer dentro dela, deixar nascer raízes e confirmar que árvore forasteira, quando pega, pega e dá sombra aos próprios e aos alheios; descer e se afastar de quem ela não podia, não devia e não queria já curar; tirar do horizonte a linha clara e criminalizadora entre um aqui e um lá que não lhe pertenciam, porque seu lá sempre seria a Venezuela, estropiada ou robusta ou como estivesse, e seu aqui era agora a surpresa de um país que era tantíssimo mais do que sua malograda fronteira norte, ainda que fosse ela também; o melhor seria descer e ir até o coração do país ou a uma cidadezinha do litoral, se é que não eram a mesma coisa, à espera de sentir que, embaixo da terra, onde não se conhecem as aduanas, as raízes de seu lá e seu aqui pudessem, um dia, anos ou décadas depois, confundir-se; abraçar com vísceras e ovários e neurônios alguma esquina ventosa que jamais esteve em seus planos nem em seus sonhos nem em seus conhecimentos, mas onde já se escutava pela janela o ronronar de um motor, a buzina de uma caminhonete, os passinhos leves e rápidos e o agudo e ainda infantil sussurro, reconhecível a toda prova, e Nina disparou pelo corredor e pela escada e pela calçada de meias e pijama, sem ter ideia de nenhuma das duas, porque em sua anatomia não importavam revestimentos, importava apenas esse músculo agigantado e vertiginoso que quis sair pela sua boca quando teve Elisa de volta em seu abraço.

O vô me trouxe, Nina ouviu Elisa dizer sem conseguir alcançar o que esses primeiros sons lhe traziam, ele cuidou de mim, mãe, quem?, o vô, pergunta pro Perro, a gente quase não consegue passar, não é, Perro? E El Perro quis se fazer de louco, claro que íamos passar, já estava tudo combinado, sei lá o que você ouviu, você entendeu errado, *chamita,* mas quem sabe não era Nina quem tinha entendido tudo errado até agora, pensou ela com a vista tomada pelo sorriso pleno de seu pai, pensou na proteção que, apesar de toda a merda com que ela guerreou nos últimos meses, sempre foi maior do que os perigos, e ela não acreditava em Deus, mas sim na memória, e talvez Deus era isso, memória, a dela e a de todos, a passada e a futura, e seu pai à vontade em todas essas vias inesgotáveis, se multiplicando, mudando de idade e de lugar e de expressão de acordo com a música que tocasse, e agora essa música teria que ser *cumbia* ou *ranchera* ou *mariachi* ou *danzón*, eles já descobririam, mas agora ele estava aí, no meio daquele abraço, acima e nos lados e em todas partes do abraço em que também cabiam Graciela e sua ilusão renascida aos trancos, cabia a solidão irreparável de Camilo e seus excessos, cabia a solidariedade de tantos e tantos quilômetros dessa América desvairada, revolucionada em promessas e esperas, cabia até a malícia e a covardia de outros, carentes, tão carentes, porque cabiam multidões nesse abraço, pátria portátil, gesto transeunte de um mundo do qual ele é, ao mesmo tempo, criador e criatura.

AGRADECIMENTOS

A Taiane Martins, Ángela Cuartas, Alejandro Vásquez, Ciro Nogueira, Luiz Antonio de Assis Brasil, Norman Madarasz, Magdalena López, Natalia Borges Polesso, Paloma Vidal, Altair Martins e Héctor Torres, primeiros leitores desta história, que com suas críticas e entusiasmo a levaram a ser o que é hoje. À minha família e aos meus amigos venezuelanos espalhados pelo mundo, pela coragem de viver e contar suas histórias; em especial a Arianna Leonarte, Mariangellys Atencio e Jesús Salvador Millán. Ao meu pai, Rodolfo, por ser essa presença incomensurável, incapaz de me abandonar. À minha mãe, Marisela, e à minha irmã, Oriana, por se deixarem roubar um pouco para alimentar o romance de tantas formas. Ao meu amor, Rafael Trindade, por me dar a paz e a alegria que me fazem escrever e por acreditar em mim de forma absolutamente exagerada. A João Nunes Júnior e Daniel Mindu pelo apoio permanente. Ao Conselho Nacional de Desenvolvimento Científico e Tecnológico (CNPq) do Brasil, que me concedeu a bolsa de estudos que possibilitou o desenvolvimento deste trabalho, fruto do meu doutorado em Escrita Criativa na PUC-RS. A Ediciones Siruela; María Juncosa, da Casanovas & Lynch; e Amanda Orlando, por abrir caminhos. À Prefeitura de Gijón e a Mercedes Monmany, Rosa Regàs, Antonio Colinas, Marcos Giralt Torrente e José María Guelbenzu, jurados do Prêmio de Romance Café Gijón, pelo reconhecimento que, como minhas personagens, soube cruzar fronteiras.

este livro, composto na fonte fairfield,
foi impresso em Ivory Slim 65g/m² na gráfica Grafilar.
São Paulo, brasil, setembro de 2025.